RECVEIL

DES PLVS
BEAVX VERS
QVI ONT ESTE' MIS
EN CHANT.

AVEC LE NOM DES AVTHEVRS.

Seconde & Nouuelle Partie, dans laquelle font compris les Airs de Verſailles.

A PARIS,

Chez Monſieur BALLARD, ſeul Imprimeur
du Roy pour la Muſique.

Et chez PIERRE BIENFAIT, Libraire Iuré, au Palais,
proche la Chambre des Comptes, à l'Image
Saint Pierre, comme on va a l'Hoſtel de
Monſeigneur le Premier Preſident.

M. DC. LXVIII.
AVEC PRIVILEGE DV ROY.

RECVEIL
DES PLVS
BEAVX VERS
QVI ONT ESTE' MIS
EN CHANT,
AVEC LE NOM DES AVTHEVRS.

Seconde & Nouuelle Partie.

A PARIS,

Chez Monfieur BALLARD, feul Imprimeur du Roy pour la Mufique.

ET

Dans la Ruë des Petits-Champs, vis à vis
la Croix, chez vn Chandelier.

M. DC. LXVIII.
AVEC PRIVILEGE DV ROY.

M

Gr
fen
luf
Ou

A MONSEIGNEVR
LE DVC
DE
MONTAVSIER,
PAIR DE FRANCE, &c.

ONSEIGNEVR,

Voſtre Merite & voſtre Grandeur donnent vn empreſſement general à tous les Illuſtres de vous preſenter leurs Ouurages, & de rechercher

ā ij

vne approbation aussi glorieuse, & vne protection aussi puissante que la vostre : mais vostre jugement fin & delicat les épouuante auec raison, & leur fait apprehender de vous faire des presens peu agreables & peu dignes de Vous. Pour moy, MONSEIGNEVR, ie suis attiré par ces premiers, & ie n'ay rien à craindre de ce dernier. La veneration particuliere que i'ay pour vos bonnes Qualitez, m'oblige à vous presenter ce Recueil, sans crainte que ie puisse vous déplaire en le faisant, puis que ie n'y ay rien apporté du mien que le

soin de ramasser en des Par-
terres étrangers des Fleurs que
vous aimez. Il est vray que ie
ne me suis pas borné à ne vous
donner que des plus considera-
rables ; mais i'ay pensé que
dans le tissu des Couronnes il
faut de l'abondance & de la
varieté, & que la comparaison
des choses mediocres releue bien
souuent le prix des excellentes.
Personne n'en peut mieux, ny
plus agreablement faire le
triage que Vous, MONSEI-
GNEVR, qui vous y con-
noissez mieux qu'Homme du
Royaume, & qui trouuez du
plaisir dans cette sorte d'appli-

cation. Pour moy, qui ne souhaite rien tant au Monde que l'auantage de vous plaire & de vous continuer les marques de mon zele & de mon respect que i'ay tâché de vous rendre depuis quelque temps dans la Prouince que vous gouuernez, i'en embrasse l'occasion auec chaleur & plaisir, & celle de vous dire que ie suis,

MONSEIGNEVR,

Vostre tres-humble, & tres-obeïssant Seruiteur.
DE BACILLY.

✳✳ ✳✳ ✳✳✳ ✳✳✳ ✳✳✳ ✳✳✳✳
✳✳✳ ✳✳✳ ✳✳✳ ✳✳✳ ✳✳✳ ✳✳✳
✳✳✳ ✳✳✳ ✳✳✳ ✳✳✳ ✳✳✳ ✳✳✳

AVERTISSEMENT.

L eſt bon d'auertir le Lec-
teur, que bien que ce Re-
cueil porte pour Titre *Seconde
Partie*, il pourroit auec plus
de raiſon porter celuy de *Quatriéme*, ſi
l'Autheur auoit voulu ſuiure l'ordre
des temps que les Airs ont eſté com-
poſez ; mais comme le principal but
des Recueils de Vers mis en Chant,
eſt pour ſe reſſouuenir de tout ce qui
pourroit auoir échapé à la memoire
de ceux qui pratiquent le Chant,
l'Autheur n'a eu ſeulement égard
qu'à les rendre complets , & faire en
ſorte qu'il n'y euſt aucun Couplet con-
ſiderable d'obmis, ſans conſiderer le
Titre de *Nouueau*, qui eſt nul en ce

†

rencontre, eſtant certain que la re-
cherche des Airs anciens a donné bien
plus de peine à l'Autheur, & partant
en doit eſtre d'autant plus conſidera-
ble. Ce Recueil eſt donc Second &
Quatriéme tout enſemble, puis que
l'Impreſſion en a eſté faite juſqu'à
pres de la moitié auant le Troiſiéme
(laquelle n'a eſté intérompuë que par
quelque different entre l'Autheur &
le Libraire) & toutesfois qu'il luy eſt
poſterieur quant aux Pieces nouuelles
qui ont eſté compoſées depuis. Il ne
faut donc pas trouuer à redire que
l'on ait ſuiuy la premiere intention de
mettre *Seconde Partie*, lequel Titre
n'eſt mis que pour ſuiure l'ordre des
trois Volumes, & pour oſter l'équi-
uoque qui cauſe du mal entendu, en
faiſant paſſer la *Suite de la Premiere
Partie* pour le Second Volume. Il y a
donc preſentement Trois Volumes
complets, qui ſe diuiſent ſi l'on veut

AVERTISSEMENT.

en Six demy-Volumes, à raison du Titre de *Suite de, &c.* qui eſt à la moitié de chaque Tome. Il ne faut pas auſſi trouuer étrange que dans les deux der-nieres feüilles de cette Partie, on n'ait pas ſuiuy l'ordre d'Alphabet, puis que comme i'ay dit, l'Impreſſion ayant eſté commencée il y a cinq ans juſqu'à l'I, il n'y a pas eu moyen de remettre les Pieces qui ont eſté faites depuis aux Lettres déja imprimées, & il ſuffit que la Table en faſſe foy.

Extrait du Priuilege du Roy.

PAr Grace & Priuilege du Roy, donné à Paris le 10. jour de Ianvier 1661. Signé, Par le Roy en son Conseil, Hovze' : Il est permis au Sieur D. B. de faire imprimer, vendre & debiter vn Liure intitulé, *Recueil des plus beaux Vers qui ont esté mis en Chant*, & ce en tant de Volumes, & autant de fois que bon luy semblera, durant le temps & espace de dix années, à compter du jour que chaque Volume sera acheué d'imprimer pour la premiere fois : Et defenses sont faites à toutes personnes, de quelque qualité & condition qu'elles soient, d'imprimer, ou faire imprimer, vendre & debiter ledit Recueil, sans le consentement de l'Exposant, ou de ceux qui auront droict de luy, à peine de confiscation des Exemplaires contrefaits, à peine de trois mille liures d'amende, & de tous despens, dommages & interests, ainsi qu'il est plus au long porté esdites Lettres.

Registré sur le Liure de la Communauté, le 13. Avril 1661. Signé, G. IOSSE, Syndic.

Ledit D.B. a cedé & transporté son droict de Priuilege pour ce Second Volume, à Monsieur Ballard, pour en joüir suiuant l'accord fait entr'eux.

Acheué d'imprimer pour la premiere fois le 5. Iuin 1668.
Les Exemplaires ont esté fournis.

TABLE DES AIRS CONTENVS
en cette Seconde Partie.

A

ã iiij

ã v

TABLE.

TABLE.

TABLE.

TABLE.

TABLE.

Fin de la Table de la Seconde Partie.

RECVEIL

DES PLVS

BEAVX VERS

QVI ONT ESTE' MIS EN CHANT.

SECONDE PARTIE.

AIR

DE Mr DE MOLLIER.

A H! n'eſt-ce pas vn mal extréme,
Quand pour l'ingrate Iris, on ſe trouue
  enflâmé?
Cependant c'eſt mon mal, ie l'adore,
  ie l'aime,
Sans nul eſpoir d'en eſtre aimé;
Ah! n'eſt-ce pas vn mal extréme?

M. DE MOLLIER.

Tome II. A

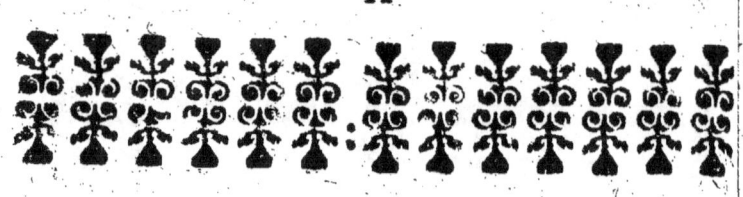

AIR

DE Mr LE CAMVS.

AH! que vous estes heureux,
Petits Oyseaux amoureux!
Ah! que vous estes heureux!
S'il est des douceurs parfaites,
C'est pour vous qu'elles sont faites:
L'Amour adjouste ses nœuds
A l'innocence où vous estes;
Ah! que vous estes heureux,
Petits Oyseaux amoureux!
Ah! que vous estes heureux!
Toûjours des moins dangereux
Il forme vos amourettes,
Et rien que ses plus doux jeux
N'interrompt vos Chansonnettes;
Ah! que vous estes heureux,
Petits Oyseaux amoureux!
Ah! que vous estes heureux!

M. QVINAVLT

A llez
Alle
MilleAr
Qui n'e

A

AIR
DE M^r LE CAMVS.

ALlez voir cet Objet si charmant & si doux;
Allez, petites Fleurs, mourir pour cette Belle;
Mille Amás voudroiēt bien en faire autant pour elle,
Qui n'en auront iamais le plaisir comme vous.

A ij

A

GAVOTTE.

AV doux bruit d'vne Fontaine,
Tirſis tout baigné de pleurs,
Pour flater vn peu ſa peine,
Chantoit, couché ſur des Fleurs;
Bergere, Belle Inhumaine,
Quand ceſſeront tes rigueurs?

L'eau qui coule en cette Plaine
Murmure de ſes douleurs,
Et d'vne plaintiue haleine
Zephire les dit aux Fleurs;
Bergere, Belle Inhumaine,
Quand ceſſeront tes rigueurs?

Mais helas! ſa plainte eſt vaine,
Auſſi bien que ſes langueurs;
Et Philis a trop de haine,
Pour ſe contenter de pleurs;
Bergere, Belle Inhumaine,
Quand ceſſeront tes rigueurs?

A

SARABANDE.

AVant le moment bienheureux
Que ie fus amoureux
Des beaux yeux de Belife,
Ie gardois, ie gardois cherement ma franchife,
Mais maintenant cette Belle la prife.

Ie perdis bien ma liberté
Voyant cette Beauté,
Mais non pas le courage :
Voyez donc à quel poinct cette fiame m'engage,
Perdant l'efpoir, ie pers bien dauantage.

A iij

A

A I R
DE Mr BOESSET LE PERE.

Air qui produit tant de chofes fi belles,
  Pere des Fleurs nouuelles,
Que ne viens-tu rendre nos yeux contens?
Pourquoy n'embellis-tu qu'à peine
  Ces lieux où Dorimene
  Fait vn autre Printemps ?

Ha! tu préuois que les Fleurs mieux éclofes
  Effaceroient tes rofes,
Et rauiroient l'honneur que tu prétens :
Voila pourquoy tu viens à peine
  Aux lieux où Dorimene
  Fait vn autre Printemps.

Quand nous fentons vn effet de ta grace,
  Vn Aquilon te chaffe ;
Tu nous veux plaire, & puis tu t'en repens :
C'eſt là le fujet de ta peine,
  Aux lieux où Dorimene
  Fait vn autre Printemps.

A

COVRANTE
DE Mr DE MAVLEVRIER.

AYez pour moy des foins officieux,
Priez vos yeux de ceffer de me plaire:
Mais helas ! ie connois vos yeux,
Ils auront peine à le faire.

Priez auffi tous vos attraits vainqueurs,
Et voftre efprit, de ceffer de me plaire:
Mais helas ! ces perfecuteurs
Sont tous faits pour n'en rien faire.

A me guerir fi vous perdez vos foins,
Montrez-moy ceux par où ie puis vous plaire,
Car enfin pour vous aimer moins,
C'eft ce que ie ne puis faire.

M. DE MAVLEVRIER.

A

RECIT DES AVEVGLES
DE Mr BATISTE.

Apres la clarté perduë
Qui nous fut vn bien si cher,
A d'autres sens que la veuë
Il nous faut donc retrancher;
Pour estre aueugle, est-ce à dire
Qu'on ne gouste rien de doux?
Amour qui sçait si bien rire,
Est aueugle comme nous.

L'attouchement nous console
Du bien qui nous est osté,
Et iamais sur sa parole
Nous n'en croyons la beauté;
Pour estre aueugle, est-ce à dire
Qu'on ne gouste rien de doux?
Amour qui sçait si bien rire,
Est aueugle comme nous.

M. DE BENSSERADE

A

AIR
DE Mr LAMBERT.

AVtant que i'ay d'amour vous auez de beauté,
Mais vous ne m'aimez pas autant que ie vous
aime;
Vous auez donc mon cœur sans l'auoir merité,
Puis qu'vn excés d'amour n'est dû qu'à l'Amour
méme.

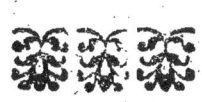

Ie fçay que la Beauté fe rend digne d'amour,
Mais elle est complaisante afin qu'il soit fidelle;
L'heureux Amant void mieux la Beauté dás son jour,
Et quand vous aimerez, vous en serez plus belle.

M. BIGRE DE IVSSY

A v

A

GAVOTTE.

AV moins de ce changement
Ie ne me plains, ny ne pleure,
Et fais bien, & fagement,
De la quitter de bonne heure:
Si ie m'y fuffe arrefté,
Voyez où i'en euffe efté.

Qu'il foit, ou qu'il ne foit pas,
Il me fuffit que i'en doute,
Et d'oüir dire tout bas,
Qu'on luy parle, & qu'elle écoute:
Si ie m'y fuffe arrefté,
Voyez où i'en euffe efté.

O quelle mefchanceté !
Elle voudroit, la volage,
Q'vn autre euft la verité,
Et moy l'ombre pour partage:
Si ie m'y fuffe arrefté,
Voyez où i'en euffe efté.

Afin de me confoler
D'eftre traitté de la forte,
C'eft affaire à m'en aller
Chanter à quelqu'autre porte :
Si ie m'y fuffe arrefté,
Voyez où i'en euffe efté.

Qui trafique n'a pas tort
D'y chercher fes auantages;
Et quand i'aime, i'aime fort
A ne prefter que fur gages :
Si ie m'y fuffe arrefté,
Voyez où i'en euffe efté.

Ie m'embarque affez fouuent,
Il ne me faut qu'vne œillade;
Mais ie crains toûjours le vent,
Et ne quitte point la rade :
Si ie m'y fuffe arrefté,
Voyez où i'en euffe efté.

A

AIR
DE Mr CAMBEFORT.

ARdens soûpirs qui découurez la peine
Que le respect me contraint de celer,
Ne sçauriez-vous inspirer à Climene,
    Trop inhumaine,
Le feu secret dont ie me sens brûler?

Vous qui sortez du cœur le plus fidelle
Que sa rigueur ait iamais fait souffrir,
Faites luy voir vne flame si belle,
    Que la cruelle
Me rende heureux, ou me fasse mourir.

A

AIR
DE Mr MOVLINIE.

A La fin c'est trop me contraindre,
Ma douleur me force à me plaindre;
Le respect me rend malheureux:
Amour, puis que sous ton Empire
Ie souffre vn mal si rigoureux,
Permets au moins que ie soûpire.

Puis qu'on sçait que i'ay veu Climene,
Croira t'on, pour celer ma peine,
Que ie n'en sois point amoureux?
Amour, puis que sous ton Empire
Ie souffre vn mal si rigoureux,
Permets au moins que ie soûpire.

Aussi bien découurant ma flame,
On ne peut me donner du blâme,
Sans me confesser genereux :
Amour, puis que sous ton Empire
Ie souffre vn mal si rigoureux,
Permets au moins que ie soûpire.

A

GAVOTTE
DE M. D. M.

AV lieu de quelques careſſes,
Pour ſoulager mon tourment,
Inhumaine, tu ne ceſſes
De l'accroiſtre à tout moment:
Ah ! ma chere Maiſtreſſe,
Vn baiſer ſeulement.

Ie languis d'vne triſteſſe,
Tourmenté cruellement;
Et ſi le mal qui me preſſe
Ne te touche aucunement:
Ah ! ma chere Maiſtreſſe,
Vn baiſer ſeulement.

Pourquoy cet œil qui me bleſſe
Mépriſe-t'il ſon Amant ?
Si tu es vne Déeſſe,
Ie t'aime diuinement :
Ah ! ma chere Maiſtreſſe,
Vn baiſer ſeulement.

M. DESMARESTS.

A

AIR
DE Mr BOESSET.

A La fin ma peine eſt finie,
Ie ſuis hors de la tyrannie
Du plus cruel de tous les Dieux;
Olimpe a mépriſé ma flame,
Et la dureté de ſon ame
Dément la douceur de ſes yeux.

Son mépris, ſon ingratitude,
Ont ſuiuy mon inquietude,
Mes ſens ne ſont plus enchantez;
Ma raiſon ſurmonte ſes charmes,
Ie ne verſeray plus de larmes
Pour ſes injuſtes cruautez.

Autheurs de ma mélancolie,
Soûtien, deſeſpoir, jalouſie,
Qui me nourriſſez de poiſon;
Déliurez-moy de vos caprices,
La conſtance dans mes ſupplices
M'eſt vne douce gueriſon.

Raiſon, quoy que vous puiſſiez dire,
Il me faut ſouffrir le martyre
Des feux qui me vont deuorant;
Olimpe a beau m'eſtre cruelle,
Sans iamais aimer autre qu'elle,
Ie veux mourir en l'adorant.

A

AIR
DE Mr MOVLINIE.

*Pour Mademoiselle d'Orleans
estant à Blois.*

AV bruit de vos appas les Mortels & les Dieux
    Brûlent de voir de vos beaux yeux
      La clarté sans seconde :
Ne leur dérobez plus tant de charmes si doux,
    Vn Astre comme vous
      Doit luire à tout le monde.

LeDieu seul qui vous voit, & qui fait les beaux jours,
    Pour vous precipite son cours,
      Et se cache sous l'onde :
Son cœur est si jaloux, qu'on ne sçait aujourd'huy
    Qui de vous ou de luy
      Doit luire à tout le monde.

           M. DE BOVILLON.

A

AIR
DE Mr BOESSET LE PERE.

AMour, i'implore ton secours,
  Le Tyran de ma vie
Me doit bannir dans peu de jours
  Des beaux yeux de Siluie :
Beaux yeux dont i'adore les coups,
Ah ! que ie crains de m'éloigner de vous.

Bien que de tes Astres d'amour
  L'éclat Diuin me tuë,
Ie crains moins de perdre le jour,
  Que d'en perdre la veuë :
Beaux yeux dont i'adore les coups,
Ah ! que ie crains de m'éloigner de vous.

Que pourray-je donc esperer,
  Si ie vous abandonne ?
Suiuray-je bien, sans murmurer,
Ce que le Ciel ordonne :
  Beaux yeux dont i'adore les coups,
Ah ! que ie crains de m'éloigner de vous.

A

AIR
DE Mr MOVLINIE.

A Stre naiſſant qui fais noſtre eſperance,
Et que l'éclat de la naiſſance
Fait moins briller que tant d'attraits vainqueurs;
Amour vient à tes pieds abandonner ſes armes,
Et n'oſe pas conteſter à tes charmes
L'empire qu'il a ſur les cœurs.

Ce n'eſt pas luy qui regne ſur nos ames,
C'eſt toy qui fais viure ſes flames,
Et qui nous peut enchaiſner de ſes fers;
Ce Dieu vient à tes pieds abandonner ſes armes,
Et n'oſe pas conteſter à tes charmes
L'Empire de tout l'Vniuers.

M. DE BOVILLON.

A

GAVOTTE.

AMour, que ta tyrannie
Me fait fouffrir de douleur,
La joye eft de moy banie,
Ie ne vis plus qu'en langueur.
Depuis que ma Belle
M'a feparé d'elle.

Ie ne puis hanter perfonne
En la mifere où ie fuis,
Et mon ame s'abandonne
A toutes fortes d'ennuis,
Depuis que ma Belle
M'a feparé d'elle.

Ie fuis dans vn lieu fauuage
Où ie ne fais que pleurer,
Cette eau deflus fon riuage
Me void toûjours foûpirer,
Depuis que ma Belle
M'a feparé d'elle.

Belles Nymphes de la Seine
Qui m'entendez plaindre icy,
Vous témoignerez ma peine,
Et combien i'ay de soucy,
  Depuis que ma Belle
  M'a separé d'elle.

Si quelque pitié vous touche,
Et si mon sort malheureux
Peut faire ouurir voftre bouche
En faueur des Amoureux,
  Dites à ma Belle
  Que ie meurs pour elle.

AIR
DE Mr DE MOLLIER.

Amour, c'estoit bien ma croyance,
Que les charmes de sa presence
Conduiroient mon esprit de l'extase au tombeau:
N'accusons point ses yeux, nostre sort est trop beau,
Il suffit que c'est leur enuie,
Ces Dieux nous pourroient secourir;
Mais ils nous donnerent la vie
Pour les adorer & mourir.

M. DE LA MENARDIERE.

GAVOTTE.

A Minte parmy les Bois,
Remply de tristesse,
Loin de sa Maistresse,
Va disant à chaque fois ;
Hélas ! seray-je toûjours
Eloigné de mes amours ?

Sans soucy de son troupeau,
Ce Berger fidelle
Toûjours renouuelle
Ce chant qu'il trouue si beau ;
Helas ! seray-je toûjours
Eloigné de mes amours ?

Son esprit est sans repos
Pendant cette absence,
Et l'impatience
L'entretient de ce propos ;
Helas ! seray-je toûjours
Eloigné de mes amours ?

Il va dans ces lieux secrets
Pour charmer sa peine,
Mais sa course vaine
Fait qu'il reprend ses regrets;
Helas ! seray-je toûjours
Eloigné de mes amours ?

Enfin c'estoit fait de luy;
Sans vne nouuelle
Venant de sa Belle,
Qui luy fait dire aujourd'huy;
Ie ne seray pas toûjours
Eloigné de mes amours!

A

AIR
DE Mr MOVLINIE'.

Amans qui faites les discrets,
Et qui tenez vos maux secrets,
Pour nous paroistre plus fidelles,
Cessez de cacher vos regrets,
Les Dames veulent bien qu'on soûpire pour elles.

C'est vous contraindre vainement
De nous celer vostre tourment,
Qui fait la gloire des plus Belles;
Il faut se plaindre librement,
Les Dames veulent bien qu'on soûpire pour elles.

Bien qu'elles traittent de mépris
Le feu dont vos cœurs sont épris,
Et qu'elles fassent les cruelles,
Amans, n'y soyez iamais pris,
Les Dames veulent bien qu'on soûpire pour elles.

M. DE BOVILLON.

Tome II.   B

A

AIR
DE Mr CHANCY.

AH! c'en eſt fait, ie vais mourir,
Ma perte eſt trop viſible,
Et mon mal trop ſenſible,
Pour en pouuoir iamais guerir:
O rigoureux appas qui poſſedez ma vie,
Secondez-vous Siluie
Pour cauſer mon trépas?

Vous ſejournez en ſes beaux yeux
Pour charmer tout le monde,
Et l'Amour vous ſeconde,
Pour nous dompter encore mieux:
O rigoureux appas qui poſſedez ma vie,
Secondez-vous Siluie
Pour cauſer mon trépas?

A

AIR
DE Mr BOESSET.

AH! cruelle Philis, iugez mieux de ma flame,
On n'éteindra iamais vn feu si prétieux
Que ie vay conseruant, & que i'ay dans mon ame,
　　Depuis que i'ay veu vos beaux yeux:
Ah! vous dites par tout que ie n'ay point de foy;
Cependant mes langueurs, & mon cœur qui soûpire,
　　Font bien voir que dans son Empire
Amour n'a point d'Amant plus fidelle que moy.

Escoutez les soûpirs, les ianglots, & les plaintes,
Que mon cœur amoureux va poussant nuit & jour,
Il vous diront pour moy que i'adore sans feinte
　　Philis ce bel Astre d'Amour:
Et vous ne direz plus que ie n'ay point de foy,
Puis qu'enfin mes lágueurs, & mõ cœur qui soûpire,
　　Font bien voir que dans son Empire
Amour n'a point d'Amant plus fidelle que moy.

A

SARABANDE
DE Mᵣ CHANCY.

AH! que le fort déplaifoit à ma vie,
En la forçant de bruler nuit & jour;
Vne Beauté la tenoit afferuie,
Mais la cruelle n'euft iamais d'amour;
  Puis que ma flame
  Ne la peut toucher,
  Ie defends à mon ame
  De plus l'approcher.

Dés le moment que ie vis cette Belle,
De fes beaux yeux les miens furent épris;
Mais étonné de la voir fi cruelle,
Ma paffion s'eft changée en mépris;
  Puis que ma flame
  Ne la peut toucher,
  Ie defends à mon ame
  De plus l'approcher.

A

AIR
DE Mr BOESSET LE PERE.

A La fin cette Bergere
Sent les maux que i'ay souffers,
Et sa foy par trop legere
Perd ce titre dans ses fers :
Nous viuons sous mesme loy,
Puis que ie la tiens à moy.

Non, ie n'ay plus cette crainte
Que i'auois par le passé,
Car Philis se trouue atteinte
De ce trait qui m'a blessé :
Nous viuons sous mesme loy,
Puis que ie la tiens à moy.

Mes feux ont produit la flame
Qui me rend égal aux Dieux,
Et l'Amour est dans son ame,
Qui n'estoit que dans ses yeux :
Nous viuons sous mesme loy,
Puis que ie la tiens à moy.

A

AIR
DE M· LAMBERT.

AH ! puis que la rigueur extréme
  De l'ingrate que i'aime,
M'ofte tout efpoir de guerir,
Amour, quel confeil dois-je fuiure?
Ie ne puis la voir fans mourir,
Et fans la voir ie ne puis viure.

Helas ! plus ie luy fuis fidelle,
  Plus elle m'eft cruelle,
Et moins i'ay d'efpoir de guerir:
Amour, que me faut-il donc fuiure?
Ie ne puis l'aimer fans mourir,
Et fans l'aimer ie ne puis viure.

M. BOILEAV

A

AIR
DE Mr MOVLINIE'.

A Marillis de qui la flame
Entretient l'amour dans mon ame,
M'oblige à l'aimer constamment;
Et bien qu'elle me soit cruelle,
La gloire de brûler pour elle
Me donne dans mes maux quelque soulagement.

A

AIR
DE Mr DE MOLLIER.

Apprenez, petite cruelle,
Qu'vne autre aussi jeune que vous,
Et qui ne se croit pas moins belle,
Me fait quelquefois les yeux doux.
Pour vous jusques icy ie me defends contr'elle;
Mais si vostre rigueur s'obstine à m'outrager,
Ie ne voudrois pas m'engager
A vous estre toûjours cruelle.

Ce n'est pas que sans violence
I'eusse recours au changement;
Vous auez connu ma constance
Par la longueur de mon tourment:
Mais outre cêt plaisirs qu'offre vne amour nouuelle
A qui peut vne fois se resoudre à changer,
C'en est vn grand de se vanger
De qui nous fut toûjours cruelle.

M. de P...

A

GAVOTTE.

AMans qui souffrez toûjours,
Eprouuez ma coustume,
Iamais dedans mes amours
Ie ne sens d'amertume:
Nul objet ne me retient,
Ie prens le temps comme il vient.

I'en conte en cent lieux diuers,
Et sans me laisser prendre,
Ie feins de porter des fers
Dont ie sçay me defendre:
Nul objet ne me retient,
Ie prens le temps comme il vient.

Ie montre bien du tourment,
Et beaucoup de constance;
Ie soûpire incessamment,
Mais c'est en apparence:
Nul objet ne me retient,
Ie prens le temps comme il vient.

B v

Si-toſt que ie ſuis vainqueur
D'Aminte, ou de Siluie,
Ie cherche à donner mon cœur
Ainſi toute ma vie:
Nul objet ne me retient,
Ie prens le temps comme il vient.

A

AIR
DE Mr CAMBEFORT.

Apres tant de longues contraintes,
Blessé pour ne iamais guerir,
Me voyant au poinct de mourir,
Belle Philis, souffrez mes plaintes,
Apres m'auoir fait tant souffrir.

Mourant pour adorer vos charmes,
Ma gloire est de n'en point guerir:
Mais estant au poinct de mourir,
Belle Philis, souffrez mes larmes,
Apres m'auoir fait tant souffrir.

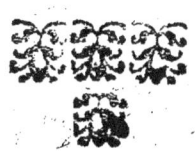

B vj

A

AIR
DE Mr BOESSET LE PERE

AMour, ie ne suis plus à toy,
Puis que ceux qui viuent sous ta loy
Meurent toûjours d'vn cruel supplice:
 Pour captiuer ma liberté,
 Les Femmes ont trop d'artifice,
 Et trop peu de fidelité.

Tes yeux, tes faueurs, & tes ris,
Sont pareils à des chémins fleuris,
Par où l'on va dans vn precipice:
 Pour captiuer ma liberté,
 Les Femmes ont trop d'artifice,
 Et trop peu de fidelité.

Tu ne te plais qu'à nos douleurs,
Tu ne vis que de sang, & de pleurs,
Dont vn Amant te fait sacrifice:
 Pour captiuer ma liberté,
 Les Femmes ont trop d'artifice,
 Et trop peu de fidelité.

A

RECIT DE BALLET DE Mr CHANCY.

AVtresfois nos trompeuses voix
Promettoient des plaisirs, & donnoient des suplices;
Mais veritables aux François,
Nous venons leur promettre & Lauriers, & delices;
Lovis en repoussant la guerre,
Va remplir de ses faits & la Mer, & la Terre.

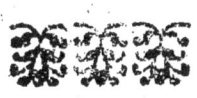

Sur les flots de Terre enfermez,
Et sur la vaste Mer que la Terre enuironne,
Nous auons veu leurs bras armez
Montrer vne valeur dont l'excés nous étonne:
Lovis en repoussant la guerre,
Va remplir de ses faits & la Mer, & la Terre.

A

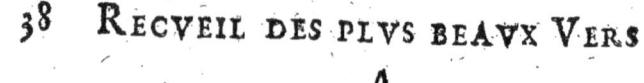

AIR
DE Mr LE CAMVS.

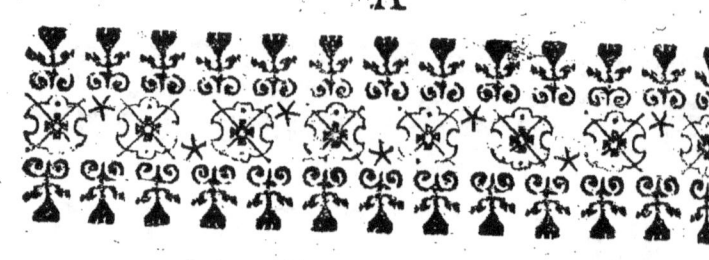

AH ! que ie crains de vous aimer,
Beaux yeux dont les regards peuuent tout enflamer!
L'amour presse mon cœur de ceder à vos charmes,
Vous me plaisez, vos feux sont doux;
Mais les yeux de Philis estoient faits comme vous,
Et les yeux de Philis m'ont bien cousté des larmes.

M. DE VERDERONNE.

A

AIR
DE Mr BOESSET LE PERE.

ARme-toy, ma raison,
Pour combattre la flame
Qui veut hors de saison
Tyranniser mon ame:
Si ton pouuoir d'iuin ne me vient secourir,
Vn bel œil me fera mourir.

Mes yeux que mon tourment
A changez en fontaines,
Témoignent clairement
La grandeur de mes peines;
Et que si ton pouuoir ne me vient secourir,
Vn bel œil me fera mourir.

A

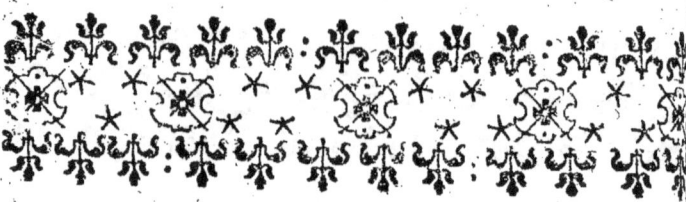

AIR
DE Mr MOVLINIE.

AV moment que vos yeux
Eclairent dans ces lieux,
S'il faut mourir d'amour, mon ame est toute pres
Mais au plus fort de mes ennuis,
Souuenez-vous, cruelle, que ie suis
Leur premiere conqueste.

Si ie dois pour iamais
Renoncer aux attraits
De vos regards mourans dont la flame est si belle,
Du moins au fort de mes langueurs
Souuenez-vous, Aminte, que ie meurs,
Et que ie suis fidelle.

M. DE BOVILLON.

A

AIR

DE Mr BOESSET.

POVR LA REYNE.

A Cet objet Diuin qui tout cede icy bas,
Adorons ſa grandeur, admirons ſes appas,
En THERESE l'on voit ces qualitez enſemble;
En éclat, en douceur, rien n'égale ſes yeux;
Son eſprit, & ſon ſens, qu'elle emprunte des Dieux,
Doit apprédre auxMortels que rien ne luy reſſemble.

M. BOESSET.

A

AIR
DE Mr BOESSET LE PÈRE

Amarillis, bel Aſtre de mes jours,
     Source de mes amours,
Objet Diuin dont mon ame eſt rauie,
     Quel deſtin enuieux
     M'éloigne de tes yeux,
Dont ie reçois la lumiere & la vie?

Las! que me ſert de voir de tous coſtez
     Mes Lauriers exaltez,
Et ma valeur de triomphe ſuiuie,
     Si le Ciel enuieux
     M'éloigne de tes yeux,
Dont ie reçoy la lumiere & la vie?

A

AIR.

A Quel prix mettez-vous l'hôneur de vous aimer?
    Carite, au moins qu'on me réponde,
Vos yeux aspirent-ils à l'Empire du Monde
    Seulement pour le consumer?

Ah ! du moins écoutez vn Amant aux abois,
    Et rendez-vous quand ie rends l'ame;
Cruelle, refusez toute chose à ma flame,
    Et non pas l'oreille à ma voix.

M. DE BOVILLON.

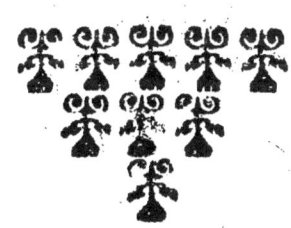

A

AIR
DE Mr RICHARD.

A La fin i'ay rompu les chaifnes & les fers
Qui depuis fi long-têps retenoicnt ma franchife
Ie ne xeux plus fonger aux maux que i'ay fouffers,
Quand vn mal eft paffé, la raifon le méprife;
Et fi pour l'aduenir ie vis deffous tes loix,
Amour, ie tafcheray de faire vn autre choix.

A

AIR
DE Mr DE MOLLIER.

AMour, si comme Amy tu veux entrer chez moy,
   I'y consens, mais pose les armes,
Fais-moy gouster en paix tes douceurs & tes charmes;
   Mais si pour viure sous ta loy
Il faut souffrir, se plaindre, & répandre des larmes,
   Adieu, cruel, retire-toy.

Traduction Italienne
De M. de P...

A

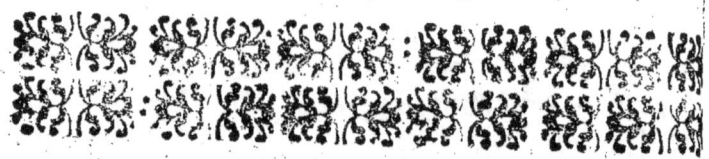

D

COVRANTE
DE Mr CHANCY.

AMour, dont les charmes puiſſans
Captiuent des Mortels les eſprits & les ſens,
M'apprit à l'abord de Cloris,
Qu'il cauſe les ſoûpirs auſſi bien que les ris:
Dés-lors que ie vis ce bel Aſtre en ces lieux,
Ie fis vœu de mourir pour ſes yeux.

L'heur d'vne ſi belle priſon
Augmente mon amour, & bleſſe ma raiſon;
Mais quand ie penſe à tant d'appas,
Qui me voudroit guerir, ie ne le voudrois pas:
Dés-lors que ie vis ce bel Aſtre en ces lieux,
Ie fis vœu de mourir pour ſes yeux.

A

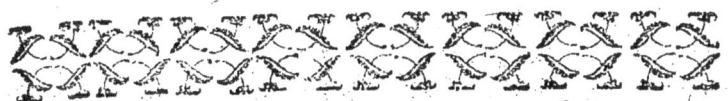

AIR
DE Mr DE CAMBEFORT.

AH ! ie meurs, c'eſt fait de ma vie;
Tirſis, prens part à mes douleurs;
Pour charmer la belle Siluie,
Accorde tes chants à mes pleurs.

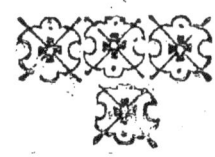

Sa beauté luy donne l'Empire,
Mais ſa rigueur en fait les Loix,
Et ne veux pas que ie ſoûpire,
Sinon pour la derniere fois.

Si ta voix ſeconde mes larmes,
C'eſt le moyen d'eſtre entendu;
Mais ſans la douceur de tes charmes,
Si ie me plains, ie ſuis perdu.

A

GAVOTTE.
DE Mr LE CAMVS.

A Mes longues refveries,
A mes regards languiffans,
Ces Bois mefme & ces Prairies
Iugent des maux que ie fens?
Faut-il demander encore
Qui me les fait endurer?
Iris feule les ignore,
Ou feint de les ignorer.

A

AIR

B. D. B.

A Dieu, que dis-je helas? quoy, quitter Vranie,
De qui seule dépend le bonheur de ma vie?
Non, non, lâches pensers d'abandonner ce lieu,
C'est à vous que ie dis adieu.

B. D. B.

Tome II.　　　　　C

A

SARABANDE
DE Mr LE CAMVS.

A Quoy me fert de fouffrir tant de peine,
Puis que mon fort n'en eft pas plus heureux?
Ie fuis conftant ; mais la conftance eft vaine,
    Quand on eft amoureux
    D'vne inhumaine.

Que d'embarras à ma bonne fortune!
Mille fafcheux groffiffent voftre Cour:
Iugez, Philis, fi ma peine eft commune;
    Quand on a tant d'amour,
    Tout importune.

Vous ne fçauriez nous charmer dauantage,
Vous effacez le refte de la Cour:
En vain, Iris, vous voulez qu'on foit fage;
    Plus on defend l'Amour,
    Plus il engage.

M. LABBE' de M

A

AIR
Quand ie deurois, &c.
DE Mr LAMBERT.

A Ah! ie me defendrois en vain
Contre les traits, charmans de l'aimable Siluie:
Sans confulter quel fera mon deftin,
Ie veux l'aimer le refte de ma vie.

M. BOVCHARDEAV.

C ij

A

AIR
DE Mr CAMBERT.

Apres auoir languy tant de jours & de nuits,
    Sans vous declarer mon martyre,
    Il est temps enfin de vous dire
Que c'est vous qui causez ma peine & mes ennuis:
    Si par vostre secours, Siluie;
    Ie ne change mon triste sort,
    Bien-tost pour celuy de la mort
    Ie finiray les malheurs de ma vie.

M. BOVCHARDEAV

A

AIR

Oüy, i'aime ma prison, &c.

B. B. D.

AH! ie ne fçay que trop, que loin de mé guerir,
    Il faut me refoudre à fouffrir,
Et brûler nuit & jour d'vne ardeur fans feconde:
Mais quoy? ie fuis conftant, & vos diuins attraits
Pouroient en vn moment captiuer pour jamais
    Le cœur le plus changeant du Monde.

B. D. B.

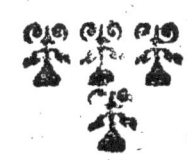

B

AIR
DE Mr LAMBERT.

BElle Philis, ce qui me tuë,
Helas ! c'eſt de vous auoir veuë,
Ie pourrois en guerir, m'éloignant de vos yeux;
Mais i'aime encore mieux
Ce qui me tuë.

Oüy, ie ſçay bien que le remede
A la douleur qui me poſſede,
Ce ſeroit d'éuiter le pouuoir de vos coups;
Mais le mal eſt plus doux
Que le remede.

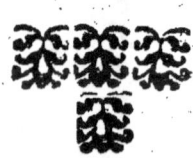

B

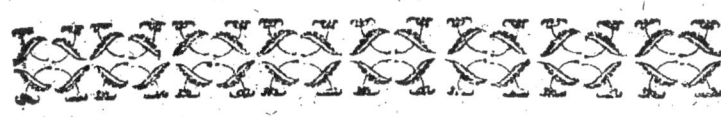

GAVOTTE.

BEaux yeux de Climene,
Helas ! accordez
Quelque tréue aux peines
Que vous me caufez :
Ah ! mes amours, que vous me tourmentez.

Si ie vous éuite,
Vous me pourfuiuez;
Si ie ne vous quitte,
Vous me confumez:
Ah ! mes amours, que vous me tourmentez.

La nuit à toute heure
Vous me réueillez;
Ie foûpire & pleure,
N'eft-ce point aſſez?
Ah ! mes amours, que vous me tourmentez.

Mourant de triſteſſe,
Loin de vos beautez,
Ie redis fans ceſſe
Ce que vous chantez:
Ah ! mes amours, que vous me tourmentez.

B

AIR.

Blessé d'vne mortelle atteinte,
Ma raison cede à mon amour,
Et ie ne voy l'Astre du Iour
Que par vne douce contrainte:
Beaux yeux, sources de mes malheurs,
A qui mon ame est asseruie,
Finissez mes douleurs,
Ou bien m'ostez la vie.

On met au rang des plus grands crimes
Celuy de s'égaler aux Dieux;
Mais ie mourray bien glorieux,
Puis que mes feux sont legitimes:
Beaux yeux, sources de mes malheurs,
A qui mon ame est asseruie,
Finissez mes douleurs,
Ou bien m'ostez la vie.

B

RECIT DES HEVRES
DE Mr DE CAMBEFORT.

Bien que nous courrions sans cesse,
Mesurant les jours & les mois,
Nous n'égalons point la vistesse
Dont le plus grand des Roys
Va dans ses exploits:
Apres l'auoir mené de victoire en victoire,
Seruons à ses plaisirs de mesme qu'à sa gloire

Quand les choses seront calmes,
Croyez-vous que son noble front
N'ait que des Lauriers & des Palmes?
Les Myrthes y viendront,
Et s'y mesleront:
Apres l'a uoir mené de victoire en victoire,
Seruons à ses plaisirs de mesme qu'à sa gloire.

C v

B

AIR

B. D. B.

POVR MAD. DE I...

Bien que vos traits soient dangereux,
Trop aimable Princesse,
Et qu'ils feroient sans cesse
Des Amans malheureux,
On n'entend par tout que des plaintes
De n'en plus sentir les atteintes.

Helas ! que de cœurs à la Cour
Passeroient mal leur vie;
Les vns mourroient d'enuie,
Et les autres d'amour:
Cependant chacun vous regrette,
Et se plaint de vostre retraite.

Beaux
Et
Que vous
M

Le prei
M
Ie vous j
D

Mais n
N
Ie vous
M

Si vou
L
Si vous
E

B

AIR.

Beaux yeux, dōt i'eſtimois les regards ſans malice,
   Et l'art ſans artifice,
Que vous m'aprenez bien que vos traits ſōt puiſſans,
   Mais non pas innocens!

Le premier jour qu'Amour armé de voſtre flame
   Mit le feu dans mon ame,
Ie vous jugeois, beaux yeux, auſſi doux que puiſſans,
   De ce mal innocens.

Mais mon ame d'amour en cette erreur pouſſée
   N'a plus cette penſée,
Ie vous croy bien toûjours auſſi doux que puiſſans,
   Mais non pas innocens.

Si vous viſtes deſlors, ſi vous voyez encore
   Le feu qui me deuore,
Si vous eſtes touchez du mal que ie reſſens,
   Eſtes-vous innocens?

B

AIR
DE Mr LAMBERT.

B Eaux lieux, sombres deserts, confidens de la nuit
Où l'on n'entend iamais de bruit
Que celuy de ma plainte;
Souffrez qu'vn malheureux qui cede à sa douleur,
Blessé d'vne cruelle atteinte,
Acheue icy ses jours en pleurant son malheur.

B

AIR
DE Mr LE CAMVS.

BElle infenfible, reuenez,
Ma paffion n'eft plus à craindre,
I'étouffe mes foûpirs auffi-toft qu'ils font nez,
Ie fçay cacher mes pleurs, & mourir sãs me plaindre:
L'excés de mon amour ne fe peut conceuoir;
Mais ne le croyez pas, Philis, venez fe voir.

Forcez voftre feuerité
A venir voir vn miferable,
Pour fçauoir feulement s'il dit la verité,
Et non pas pour guerir vn tourment veritable:
L'excés de fon refpeft ne fe peut conceuoir;
Mais ne le croyez pas, Philis, venez le voir.

B

AIR
DE Mr CHANCY.

BEaux yeux qui retenez mon efprit & ma vie
  Sous vos Diuines Loix,
  Permettez que ma voix
Declare que mon ame eft pour vous afferuie:
Et s'il faut éprouuer l'inconftance du Sort,
Reuenez, mon amour, ou me donnez la mort.

  Deflors que i'apperceus voftre aimable vifage,
  Ie ne fus plus à moy,
  Et voulus que ma foy
Rendift de mon amour le premier témoignage:
Mais s'il faut éprouuer l'inconftance du Sort,
Reuenez, mon amour, ou me donnez la mort.

  Mes vœux & mes foûpirs enfantez par vos charmes
  Augmentent mon tourment,
  Sauuez donc vn Amant.
Qui brule dans vos feux, & fe noye en fes larmes:
Et s'il luy faut fouffrir l'inconftance du Sort,
Donnez-luy promptement ou la vie, ou la mort.

B

AIR
DE Mr BOESSET LE PERE.

BEautez dõt les rigueurs priuét d'espoir mõ ame,
Et mes sens de plaisirs,
Helas! jusques à quand veux-tu regler ma flame
Aux loix de tes desirs?
Ah ! cruelle Vranie,
Ie ne sçaurois celer mon amour infinie.

Si tu crois qu'en t'aimant ma passion extréme
Se puisse moderer,
Modere donc l'excés de ta beauté supréme
Qui me fait soûpirer:
Ah ! cruelle Vranie,
Ie ne sçaurois celer mon amour infinie.

Plus ie voy dans tes yeux de charmes adorables,
Plus s'accroist ma langueur:
Plus grands sont mes desirs, plus ils sont miserables,
D'éprouuer ta rigueur:
Ah ! cruelle Vranie,
Ie ne sçaurois celer mon amour infinie.

B

A I R.

BIen que d'vne Beauté le pouuoir soit extréme,
Qu'elle puisse les Dieux & les Hōmes charmer,
Ie ne le cele point ; ma foy, si l'on ne m'aime,
Ie ne sçaurois aimer.

Mon ame est en amour la fidelité méme,
Iamais qu'vn seul objet ie ne puis estimer;
Ie suis ferme & constant autant que ce que i'aime
Est constant à m'aimer.

COVRANTE
DE Mr PINEL.

Beaux yeux qui gouuernez mon fort,
Moderez mes ennuis, ou me donnez la mort,
Car ie ne puis plus long-temps me flater,
    Ceffez de me perfecuter,
    Confiderez mon innocence,
    Faut-il aimer fans efperance?

B

AIR
DE Mr MOVLINIE.

Beaux yeux qui me donnez le jour,
Ma tristesse n'est pas commune,
Quand ie pense que mon amour
Est esclaue de ma fortune,
Et que ce Tyran du deuoir
M'empesche aujourd'huy de vous voir.

Faut-il absent de vos attraits,
A qui mes vœux rendent hommage,
Que le malheur n'ait point des traits
Dont ie ne ressente l'outrage,
Et que vous seule à mes douleurs
Refusiez de donner des pleurs?

B

SARABANDE
DE Mr DE CHAMBONNIERE.

BElle Iris, apprenez ce que c'est que d'aimer;
Si vous le trouuez bon, ie veux bien vous l'ap-
    prendre;
Prestez-moy vostre cœur, laissez-moy l'enflamer,
Et puis si vous voulez, i'aime mieux vous le rendre.

B

AIR.

BElle surprise de mes sens,
Que vous m'allez couster de larmes!
Et que vos transports innocens
A mon cœur causeront d'alarmes!

Quelle raison puis-je exprimer
Qui soit propre pour ma defense?
Ie ne puis viure sans l'aimer,
Et l'amour a fait mon offense.

B

AIR
DE Mr DALISSAN.

BEaux yeux dont ie reſſens les coups,
La crainte de voſtre couroux
M'oblige à me contraindre;
Ie ne me plains pas deuant vous,
Qu'auez-vous, beaux yeux, à vous plaindre?

B

AIR.

BEaux yeux, doux Tyrans de ma vie,
Ou cachez-moy voſtre clarté,
Ou me rendez la liberté
    Que vous m'auez rauie;
Et permettez que ie rompe mes fers,
Apres les maux que pour luy i'ay ſouffers.

Helas ! ie ne puis me defendre
De ces Soleils trop rigoureux;
Et mon cœur brûlé de leurs feux
    Seroit reduit en cendre,
Si leurs rayons, ſources de mes douleurs,
Ne ſe noyoient dedans l'eau de mes pleurs.

B

AIR

Beauté dont la rigueur
Veut captiuer mon cœur,
Inflexible Vranie,
Cruelle, auez-vous entrepris
A force de mépris,
De m'arracher la vie?

RECIT DE BALLET
DE Mr. BATISTE.

Bois, Ruisseaux, aimable verdure,
Lieux charmans & delicieux,
Qu'auec soin l'Art & la Nature
Ont fait tout exprés pour les Dieux,
Quand ils sont ennuyez des Cieux;
Redoublez vos attraits pour la Troupe immorte
Qui vient gouster icy les plaisirs les plus doux;
Il n'est rien de si beau que vous,
Il n'est rien de si noble qu'elle.

Les soûpirs, les plaintes, les larmes,
Ne font point chez vous leur sejour,
Tout y rid loin du bruit des armes,
Et tous vos Echos d'alentour
Ne sçauroient parler que d'amour;
Redoublez vos attraits pour la Troupe immorte
Qui vient gouster icy les plaisirs les plus doux;
Il n'est rien de si beau que vous,
Il n'est rien de si noble qu'elle.

M. DE BENSSERADE

B

AIR
DE Mr TOVRNIER.

BErgere, pour toy lors que ie soûpire,
La nuit & le jour
Les Rochers d'alentour.
Ecoutent mon martire,
Et tu n'as point d'amour.

Et quoy, seras-tu toûjours inhumaine!
Puis-je tant souffrir ?
Vn mot me peut guerir;
Helas ! ma plainte est vaine,
Bergere, il faut mourir.

Tome II.   D

B

GAVOTTE.

BIen que mon cœur foûpire
Pour le jeune Alcidon,
I'ay pourrant la façon
De n'aimer rien qu'à rire;
Et mon cœur en aimant
Sçait luy feul fon tourment.

.Ie ris, ie chante, & danfe,
Ie joüe à mille jeux,
Et d'vn pas dédaigneux
Ie marque la cadence;
C'eft ainfi qu'en aimant,
Ie cache mon tourment.

Pour connoiftre ma flame,
Ou pour la conceuoir,
Las ! il faudroit pouuoir
Lire dedans mon ame;
Car ie fçais en aimant
Déguifer mon tourment.

Ie fais l'indiferente
Quand on parle d'amour,
Et pourtant chaque jour
Dans mon cœur il s'augmente;
C'eſt ainſi qu'en aimant
Ie cache mon tourment.

B

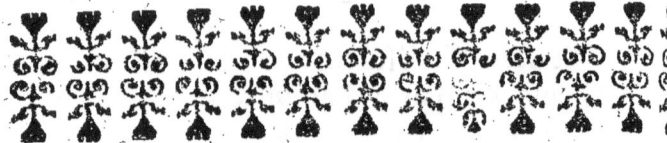

RECIT DE BALLET
DE Mr BOESSET.

Bien que ie fois fiere & cruelle,
Ie voy que mes Amans ne fe peuuent tenir
De fe précipiter, afin de paruenir
   A l'honneur où ie les appelle;
La chaleur que i'infpire eft glorieufe & belle,
Et qui meurt de mes coups, ne fçauroit mieux finir

M. DE BENSSERADE

B

COVRANTE.

BEaux yeux, crueis flateurs,
Affaffins innocens,
Diuins autheurs
Des peines que ie fens,
Helas! qu'il feroit doux,
Charmé de tant d'appas,
De foûpirer pour vous,
Et de fentir vos coups,
Si l'on n'en mouroit pas.

C

AIR
DE Mr DE MOLLIER.

CE n'eſt point voſtre cruauté,
Philis, quoy qu'elle ſoit extréme,
Qui m'a fait ſoûpirer apres ma liberté,
Et ſi i'ay deſiré d'eſtre encor à moy méme,
C'eſt que mourant d'amour, malgré voſtre couroux
Ie voudrois chaque inſtant me redonner à vous.

M. DE P.

C

AIR

DE Mr LAMBERT.

C'Est trop long-temps gémir ce ne lâche seruage;
O ma foible raison, rompons noftre prifon,
Aux rigueurs de Philis ceffons de rendre hommage:
Helas ! qu'ay-je dit, malheureux ?
Pour fortir de mes fers, ie fuis trop amoureux.

D iiij

C

SARABANDE
DE Mr CHANCY.

CHere Siluie,
Ton extréme beauté
M'oste la vie
Auec la liberté:
Ha! ma chere ame,
Que ie te blâme,
Ton inconstance
Me fait mourir,
Sans esperance
De pouuoir guerir.

Ton humeur feinte
Me blesse à tous momens,
Et joint la crainte
Auecque mes tourmens:
Ha! ma chere ame,
Que ie te blâme,
Ton inconstance
Me fera mourir,
Sans esperance
De pouuoir guerir.

Faut-il qu'vn Ange
A qui i'offre des vœux,
Aime le change,
Et méprife mes feux?
Ha ! ma chere ame,
Que ie te blâme,
Ton inconftance
Me fera mourir,
Sans efperance
De pouuoir guerir.

D v

RECIT DE BALLET
DE M CHANCY.

C'Est trop estre à la Ville, ou plutost en prison,
Adorables objets que le plaisir attire;
Et si iamais vous deuez rire,
En voicy la saison.

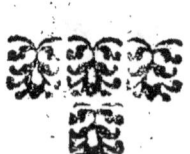

Sortez, tout rid aux champs, on se pâme de voir
Vn bon Homme reclus, Seigneur de son Village,
Qui met en train tout son ménage
Pour vous bien receuoir.

C

AIR
DE Mr CAMBERT.

CHarmante voix, diuins accens,
Delices de nos sens,
Que vos plaisirs en font de miserables!
Que vos soûpirs font soûpirer de cœurs!
Helas! que vos fausses langueurs
Causent de langueurs veritables!

Que vos transports, que vos élans,
Sont doux & violens!
Que vous auez de traits inimitables!
Que vos soûpirs font soûpirer de cœurs!
Helas! que vos fausses langueurs
Causent de langueurs veritables!

D vj

C

AIR.

COmment vous dire adieu dans l'estat où ie suis
C'est en vain que mõ cœur pressé par mes ennuis
Voudroit parler, & ne sçauroit le faire;
Mes pleurs témoignent mes desirs,
Ma voix languit, contrainte de se taire,
Et ne forme que des soûpirs.

Philis, si ie pouuois declarer mon tourment
Sur le poinct rigoureux d'vn triste éloignement,
Vous verriez bien que ie souffre vn martyre;
Mais resolu de le souffrir,
C'est à ce coup que ie vous ose dire,
Adieu, Philis, ie vay mourir.

C

AIR
DE Mr BOESSET LE PERE.

C'En est fait, ie voy bien, Amour,
Qu'en vain ta puissance i'implore,
Afin d'obtenir le retour
De cette Beauté que i'adore:
Mon malheur est si grand, qu'il t'oste le pouuoir
De me la faire voir.

Ie sçay, me disant malheureux,
Que ie démens la voix commune;
Mais que seruent aux Amoureux
Les plus grands dons de la Fortune?
Tout ce qu'elle depart & d'honneur & de bien,
Sans Philis ne m'est rien.

C

GAVOTTE.

CLoris, dont les yeux sont si doux,
Que chacun en aime les coups,
A captiué mon ame;
I'adore ses charmans appas
Qui font naistre ma flame.

Mon cœur épris de si beaux feux
Se trouue tellement heureux,
Qu'à toute heure il se pâme,
Et benit ses charmans appas
Qui font naistre ma flame.

Si les efforts de sa beauté
Ont enchaisné ma liberté,
Ie ne crains pas le blâme,
I'adore ses charmans appas
Qui font naistre ma flame.

Son beau visage a tant d'attraits,
Ses regards sont si pleins de traits,
Qu'il faut estre sans ame
Pour ne se rendre à ses appas,
Qui font naistre ma flame.

Sa douce voix rauit mes sens,
Et dans les plaisirs que ie sens,
Ie luy dis ; ha ! Madame,
I'adore vos diuins appas
Qui font naistre ma flame.

C.

AIR.

CRainte, respect, soûpirs, langueurs,
Dignes témoins de mon martyre,
Helas ! vous ne cessez de dire
A Celimene que ie meurs;
Et cependant cette Beauté cruelle
Feint de ne sçauoir pas l'amour que i'ay pour elle.

Cent mille fois i'ay fait dessein
De luy demander allegeance;
Mais le transport de sa presence
Me met vn glaçon dans le sein,
Et ne puis lors tenir autre langage,
Que par le changement qu'on void sur mon visage.

C

AIR
DE Mr DASSOVCY.

CEssez, cessez, belle Climene,
D'accuser ma fidelité;
N'estes-vous pas assez certaine
Que i'adore vostre Beauté?
Et cependant vous osez dire
Que i'en aime vn autre que vous.
O Dieux ! que vostre cœur jaloux
Se plaist à croistre mon martyre.

M. DASSOVCY.

C

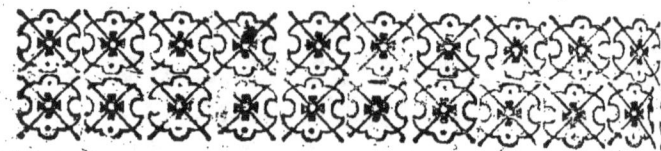

AIR
DE Mr CHANCY.

C'Eſt mourir trop de fois
Sans oſer vous le dire,
Il eſt temps que ma voix
Declare mon martyre:
Ha ! cruelle Beauté, faut-il que vos appas
Me donnent tant d'amour, & vous n'en auez pas?

Faut-il que vos rigueurs
Cauſent tant de ſupplices,
Et que vos yeux vainqueurs
Soient Iuges & complices?
Ha ! cruelle Beauté, faut-il que vos appas
Me donnent tant d'amour, & vous n'en auez pas?

C

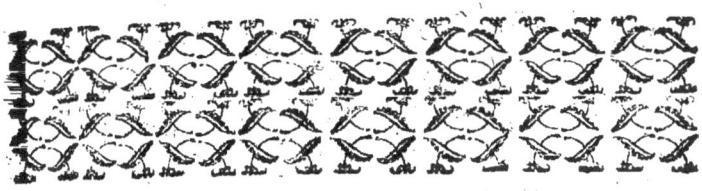

AIR.

C'en est fait, ie ne croiray plus
Que rien soit durable en ce monde;
Les deuoirs y font superflus,
Les sermens s'escriment sur l'onde,
Et l'oubly vient apres l'amour
Comme la nuit apres le jour.

C

AIR
DE Mr LE CAMVS.

CRuel départ, fâcheux moment,
Qui caufes les foûpirs & les pleurs d'vn Amant,
Ah! que tu m'es funefte;
Tu m'as ofté l'objet de mon amour,
Il ne te refte plus à m'ofter que le jour,
Acheue, malheureux, ie te donne le refte.

En vain l'efpoir veut m'ordonner
D'attendre le retour qui me peut redonner
La Beauté que i'adore:
De m'en parler, c'eft m'eftre injurieux;
Apres auoir perdu la clarté de fes yeux,
Que diroient-ils de moy, s'ils me voyoient encor

M. DE BOVILLON

C

AIR

DE Mr LAMBERT.

C'Est assez discourir de mes malheurs passez,
Philis veut que ie meure, & void mon innocence;
Mourons, mon cœur, sans resistance,
Philis l'ordonne, c'est assez.

C

AIR
DE Mr BOESSET LE PERE

CEſſez, ô Diuine Beauté,
De faire à ma foy ce reproche,
D'auoir perdu la fermeté
Dont elle égaloit vne Roche;
  C'eſt en vous imitant
  Que ie ſuis inconſtant.

Dés qu'Amour fut mon tourment,
Ie grauay dedans ma memoire
Le ſoin d'aimer fidellement:
Mais voſtre exemple me fait croire
  Que l'amoureuſe Loy
  Veut qu'on manque de foy.

C

AIR
DE Mr BOESSET.

COmment veux-tu que ie refiste?
Ah ! ie fens qu'il me faut périr;
Amour, au lieu de me guérir,
Tu me blefles toûjours, me parlant de Califte:
Cruel, ne fçais-tu pas que dans l'éloignement
Le fouuenir fait mourir vn Amant?

Toûjours l'image de la Belle
Par tout fe prefente à mes yeux:
Mais que ne paroift-elle, ô Dieux!
Auecque moins d'appas, ou pour moy plus fidelle;
Amour me la fait voir, méprifant fon ferment,
Prefte à changer de defir & d'Amant.

M. BOESSET·

C

AIR
DE Mr LAMBERT.

C'Estoit assez de vos yeux pleins de charmes
  Pour vaincre ma raison:
Mais vous chantez encore, ô quelle trahison!
Doit-on blesser ceux qui rendent les armes?
Ie voy bien que ma mort est tout vostre desir:
Hé bien ie meurs, Philis, mais ie meurs de plaisir.

Vous eussiez eu d'vne mort plus cruelle
  L'esprit plus satisfait:
Mais pouuiez-vous chanter, & produire vn effet
Qui fust contraire à vostre voix si belle?
Ainsi, belle Philis, contre vostre desir,
Vous m'allez voir mourir, mais mourir de plaisir.

       M. SCARRON

C

AIR
DE Mle DE LA LANDE.

POVR LE ROY LOVIS XIII.

C'Eſt ainſi que chez les Bergeres,
Parmy les Landes bocageres,
Vint le Dieu qui donne le jour:
Aux flâmes qu'il faiſoit paroiſtre,
On ne pût iamais bien connoiſtre
Quel des deux il eſtoit, le Soleil, ou l'Amour.

Loin de tes Palais magnifiques,
Tu viens aux Cabanes ruſtiques,
Prince qui n'as point de pareil :
Et nous, à l'éclat de tes flames,
Te reconnoiſſons en nos ames
Pour ces deux puiſſans Dieux; Amour, & le Soleil.

Auſſi ta faueur ſans exemple
A fait de ce Logis vn Temple,
Où l'on n'adore que mon Roy :
Mais quelque honneur que tu nous faſſes,
Comment t'en puis-je rendre graces,
Si tu les as toûjours toutes auecque toy?

Tome II.   E

C

AIR
B.   D.   B.

CEtte douceur qui paroift dans vos yeux
N'a rien d'égal deffous les Cieux.
O Dieux, qu'elle eft aimable,
Mais las ! qu'il vaudroit mieux,
Pour foulager vn Amant miferable,
Que vous euffiez dedans le cœur
Cette douceur.

B. D. B

DE

CAlifte
La gu
Et moy d
Q

Quelle f
S'il faut q
Le Ciel o
Sa

C

AIR.
DE M.r DE LA GVERRE.

CAliſte va chercher dans vn lieu ſolitaire
La gueriſon d'vn mal qu'elle ne peut ſouffrit;
Et moy dans ce depart ie voy bien le contraire,
    Que ie m'en vay mourir.

Quelle fatalité ! ie ne puis plus la ſuiure;
S'il faut qu'elle demeure, elle ne peut guerir;
Le Ciel ordonne ainſi qu'elle ne puiſſe viure,
    Sans me faire mourir.

C

AIR.

CE n'eſt pas ſans raiſon que i'adore vos charmes,
Puis qu'Amour pour bleſſer les Hommes & les
Dieux,
Mépriſe tous ſes traits, & ne veut que des flâmes
Qui ſortent de vos yeux.

C

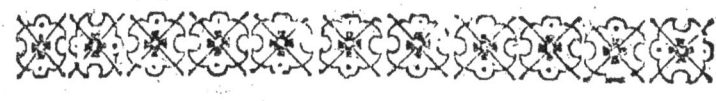

AIR
DE Mʳ BOESSET LE PERE.

CRuel Tyran de mes defirs,
Refpect de qui la violence
Au plus fort de mes déplaifirs
Me veut impofer le filence;
Permets qu'aux Rochers feulement
Ie conte les ennuis que ie fouffre en aimant.

Ces Bois eternellement fourds
Ne font point fufpects à ma plainte;
Les Echos y dorment toûjours,
I'y fuis hors de toute contrainte;
C'eft là que ie puis feulement
Declarer les ennuis que ie fouffre en aimant.

Tout cede au pouuoir de fes yeux,
Leurs clartez n'ont point de pareilles,
L'Autheur de la Terre & des Cieux
N'admire qu'en eux ces merueilles:
Auffi fa Beauté feulement
Eft digne des ennuis que ie fouffre en aimant.

E iij

Si la Fortune quelque jour
Exauce ma juste requeste,
Et fait triompher mon amour
De cette penible conqueste;
Alors aux Rochers seulement
Ie diray les plaisirs que l'on gouste en aimant.

C

GAVOTTE.

CEst en vain qu'on me conseille
De rappeller ma raison,
Pour quitter cette merueille
Qui tient mon cœur en prison,
Et de chercher au changement
Vn remede à mon tourment.

Il faudroit estre barbare,
Ou plutost inanimé,
De voir vn objet si rare,
Sans demeurer enflamé,
Et pour chercher au changement
Vn remede à mon tourment.

Ie reconnois bien par sa haine
Que ie ne puis esperer:
Toutesfois i'aime ma peine,
Et fais gloire d'endurer,
Sans rechercher au changement
Vn remede à mon tourment.

E v

Aussi ie blâme & méprise
Ces cœurs pleins de lâcheté,
Qui laissent vne entreprise
Pour quelque difficulté,
Et qui recherchent au changement
Vn remede à leur tourment.

Peut-estre qu'vne autre Dame
Reconnoistroit mon amour:
Mais i'aime mieux que mon ame
Ne voye iamais le iour,
Que de chercher au changement
Vn remede à mon tourment.

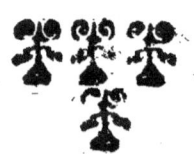

C

AIR DES BACCANTES
DE Mr BATISTE.

C'Eſt vainement, belle Iris,
Qu'vn pauure Amant,
En vous aimant
Veut cacher ſon tourment:
Puis que dés le moment
Que l'on ſoûpire,
Qu'on eſt tout interdit,
Et qu'on languit,
Qu'on paſlit,
Qu'on rougit,
C'eſt tout dire
Sans auoir rien dit.

E v

C

AIR
DE Mr LAMBERT.

C'En est fait, belle Iris, ma douleur est mortelle
En vain vous me flatez de l'espoir de guerir:
Que vostre pitié m'est cruelle!
Helas ! vous n'en auez qu'en me voyant mourir.

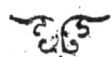

Quittez ces vains efforts, contentez vostre enuie
Il n'est rien que la mort qui me doit secourir:
Ah ! puis que vous m'ostez la vie,
Au moins ne m'ostez pas le plaisir de mourir.

M. BOILEAV

C

AIR
DE Mr DASSOVCY.

CEſſez, mon triſte cœur,
De ſouffrir la rigueur
De l'infidelle Orante;
Laiſſons-là ſes attraits,
Et quittons tous ſes traits
Pour les yeux d'Amarante.

C'eſt en vain ſoûpirer,
C'eſt en vain deſirer
Ses beautez & ſes charmes;
C'eſt trop verſer de pleurs,
Finiſſons nos douleurs,
Nos ſoûpirs, & nos larmes.

E vj

SARABANDE
DE Mr CHANCY.

CHere Philis, c'eſt trop attendre
Ce que ta bouche m'a promis;
Vn Amant doit tout entreprendre,
Puis qu'en amour tout eſt permis:
Vn ſeul baiſer finit ma peine,
Philis, me voudrois-tu le refuſer?
Ha ! que tu paroiſtrois inhumaine,
De me voir mourir pour vn baiſer.

Voy nos Moutons parmy ces Plaines
Qui ſe careſſent tour à tour,
Et les Oyſeaux pres des Fontaines
Qui leur racontent leur amour:
Vn ſeul baiſer finit ma peine,
Philis, me voudrois-tu le refuſer?
Ha ! que tu paroiſtrois inhumaine,
De me voir mourir pour vn baiſer.

Les Arbriſſeaux courbent leurs branches
Pour baiſer le cryſtal des eaux;
Les eaux pour prendre leurs reuanches,
Preſtent leur ſein aux Arbriſſeaux:
Vn ſeul baiſer finit ma peine,
Philis. me voudrois-tu le refuſer?
Ha ! que tu paroiſtrois inhumaine,
De me voir mourir pour vn baiſer.

Puis que tout aime fur la terre,
Pour goufter les plus doux plaifirs,
Philis, ne me fais plus la guerre,
Rends-toy fenfible à mes defirs:
Vn feul baifer finit ma peine,
Philis, me voudrois-tu le refufer?
Ha! que tu paroiftrois inhumaine,
De me voir mourir pour vn baifer.

AIR
DE Mr MOVLINIE.

CLoris est belle,
Il faut pour elle
Mourir d'amour, ou bien n'auoir point d'yeux :
Si ie la quitte,
C'est pour Carite,
Elle est plus belle, il faut qu'on l'aime mieux.

Belle où i'aspire,
L'on ne peut dire
Que ie commette vne infidelité :
D'vn iuste échange,
Ie quitte vn Ange
Pour adorer vne Diuinité.

Chere Maistresse,
Ie veux sans cesse
Offrir mon cœur aux pieds de tes Autels :
Reçoy l'offrande,
C'est la plus grande
Que l'Homme puisse offrir aux immortels.

C

AIR
DE Mr BOESSET LE PERE.

Pour la Conualescence du Roy.

CE Roy vainqueur de nos malheurs,
Le plus reueré de la Terre,
Déja des mortelles douleurs
Eprouuoit la cruelle guerre:
Mais son destin heureux enfin a tout soûmis,
Triomphant de la mort, & de ses ennemis.

Le Sort de ses faits enuieux
Voulut luy donner des alarmes;
Son ame fuyoit vers les Cieux,
Et sa valeur rendoit les armes:
Mais son destin heureux enfin a tout soûmis,
Triomphant de la mort, & de ses ennemis.

Il est échapé du tombeau:
La Parque eust esté bien rauie,
De pouuoir d'vn coup de ciseau
Trancher vne si belle vie:
Mais son destin heureux enfin a tout soûmis,
Triomphant de la mort, & de ses ennemis.

C

AIR
DE Mr BOESSET LE PERE

COmplices de ma seruitude,
    Pensers où mon inquietude
  Trouue son repos desiré,
Mes fidelles Amis, & mes vrais Secretaires,
Ne m'abandonnez point en ces lieux solitaires,
C'est pour l'amour de vous que i'y suis retiré.

  Par tout ailleurs ie suis en crainte,
  Ma langue demeure contrainte;
  Si ie parle, c'est de regret;
Ie pese mes discours, ie me trouble & m'étonne,
Tant i'ay peu d'asseurance en la foy de personne,
Mais à vous ie suis libre, & n'ay rien de secret.

  Vous lisez bien en mon courage
  Ce que ie souffre en ce voyage,
  Dont le Ciel m'a voulu punir;
Et sçauez bien aussi que ie ne vous demande,
Estant loin de ma Dame, vne grace plus grande,
Que de faire cas d'elle, & m'en entretenir.

GAVOTTE.

CEtte Beauté fiere & cruelle
M'ordonne de seueres Loix;
Et quand i'ay fait ce que ie dois,
Ie suis traitté comme rebelle :
O Cieux ! auez-vous donc osté
Le sentiment à la Beauté?

Elle se plaist à me defendre
Tout ce qui peut me soulager;
Et si mon soin croit l'obliger,
Vn seul regard me vient apprendre,
Que rien n'est pareil à ses yeux,
Et qu'on n'oblige point les Dieux.

Ie rends égale ma constance
A mes extrémes passions;
On ne void en mes actions
Que respect & qu'obeïssance;
Et c'est vn crime de penser
Qu'elle m'en doit récompenser.

Dure Loy, dure destinée,
Si rien ne la peut émouuoir,
Luy dois-je vne fin sans espoir?
Cette fin m'est-elle ordonnée?
Luy dois-je vn amour sans désir,
Et tant de peines sans plaisir?

C

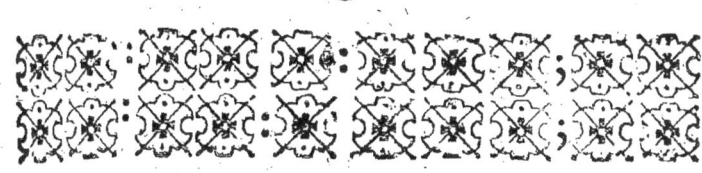

AIR
DE Mr BOESSET LE PERE.

C'Eſt trop de tyrannie,
D'affliger ſi long-temps les beautez d'Vranie:
Deſtins, que tardez-vous de mettre à la raiſon
  Tant de maux qui luy font la guerre?
   Tous les vœux de la Terre
Ne ſont plus employez que pour ſa gueriſon.

  Parmy tant de ſupplices
Que luy font reſſentir vos noires injuſtices,
Quels eſprits de douleur ne ſeroient abbatus?
  Où tend la ſacrilege flame
   Qui deuore ſon ame?
Voulez-vous embrazer le Temple des Vertus?

  Quoy? plus ie me lamente,
Plus voſtre cruauté, plus ſa douleur augmente?
Ie voy que c'eſt, Deſtins, puis que voſtre rigueur
  Helas! n'eſt encore aſſouuie,
   Vangez-vous ſur ma vie,
Pourueu que mon trépas termine ſa langueur.

C

AIR
DE Mr DASSOVCY.

Cieux écoutez, écoutez Mers profondes,
    Et vous Antres & Bois;
    Et vous Rochers battus des ondes,
Redites apres nous, d'vne commune voix,
Lovis est le plus jeune, & le plus grand des Roys.

La Majesté qui déja l'enuironne
    Charme tous les François;
    Il est luy seul digne de sa Couronne;
Et quand mesme le Ciel l'auroit mise à leur choix,
Il seroit le plus jeune, & le plus grand des Roys.

                       M. DASSOVCY

C

AIR
DE Mr BOESSET.

C'Est assez, c'est assez mes yeux,
Vous n'auez que trop veu Climene;
Deja mon cœur souffre la peine
De vos regards audacieux:
Il est vray, vous auez contenté mon enuie,
Mais vous deuiez penser au repos de ma vie.

M. BOVCHARDEAV.

Y.

Roys.

r choix,
Roys.

OVC

C

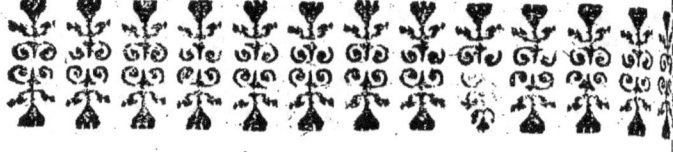

SARABANDE
DE Mr DASSOVCY.

CHer objet que i'ay tant aimé,
Philis, si charmante & si belle,
Puis que vostre cœur enflamé
Respire vne amitié nouuelle;
Pardonnez-moy, belle Philis,
Si ie prens congé-de vos charmes,
Et si desormais ie me ris
De mes soûpirs & de mes larmes.

Adieu, cœur sans affection,
Adieu, trop volage Bergere,
Pour arrester ma passion,
Vostre humeur est trop passagere;
Pour captiuer ma liberté,
Vos traits auront moins de puissance,
Que mon cœur pour vostre beauté
D'ennuis, de peine, & de souffrance.

D

AIR
DE Mr BOESSET LE PERE.

POVR L. C. D. R.

Y.

Dpart qu'vn dur deuoir me fait precipiter,
    Cruel, qui me fais abfenter
    Des yeux qui me captiuent;
Helas! qu'en vous laiffant ie laiffe de plaifirs,
    Et que de maux me fuiuent!
Qu'e d'ennuis, de langueurs, de pleurs, & de foûpirs!

Beaux yeux de qui l'éclat fait croiftre mon ardeur,
    Amour s'eft logé dans mon cœur,
    Et fes rigueurs m'en priuent:
Helas! qu'en vous laiffant ie laiffe de plaifirs,
    Et que de maux me fuiuent!
Qu'e d'ennuis, de langueurs, de pleurs, & de foûpirs!

D

SARABANDE
DE Mr VINCENT.

Diuin sujet dont les aimables charmes
Forcent les cœurs à n'adorer que vous,
Deuant vos traits il faut rendre les armes,
Et nul ne peut se parer de vos coups;
Car vos yeux plus beaux que le jour,
Font viure d'esperance, & font mourir d'amour.

D

AIR
DE Mr MOVLINIE'.

Diuins objets dont mon ame eſt rauie,
Beaux yeux charmans qui me donnez la vie,
Permettez-moy de ſoûpirer pour vous:
Amour, Amour, ie benis ton Empire;
S'il faut mourir de ton cruel martyre,
Ie ne veux pas me plaindre de tes coups.

Tes maux ſecrets, tes ennuis, & tes larmes,
Ont pour mon cœur des attraits & des charmes,
Aminte veut que ie les trouue doux:
Amour, Amour, ie benis ton empire;
S'il faut mourir de ton cruel martyre,
Ie ne veux pas me plaindre de tes coups.

D

COVPLETS SVR L'AIR

Que c'est vn plaisir charmant.

D'Vne languissante voix
J'appelle l'inhumaine,
Et sur l'ecorce des Bois
J'écris plus d'vne fois,
 Climene, Climene.

Souuent couché sur des fleurs
Au bord d'vne Fontaine,
I'en fais vne de mes pleurs,
Et dis dans mes douleurs,
 Climene, Climene.

Bien que triste & soûpirant,
Ie luy conte ma peine;
Son cœur est indiferent,
Quand ie dis en mourant,
 Climene, Climene.

Enfin ie meurs fous les Loix
De l'aimable inhumaine,
Et dis d'vne foible voix
Pour la derniere fois,
   Climene, Climene.

M. DE BOVCICAVLT

F ij

AIR
DE Mr BOESSET LE PERE

D'Vn cœur amoureux & fidelle
Ie fers la Reyne des Beautez,
Et voyant tant de qualitez
Et de graces en elle,
Ie doute qui charme le mieux,
De l'efprit, de la voix, de la bouche, ou des yeux.

Si fa voix eft incomparable,
Vn doux foûris tout plein d'amours
La fait paroiftre en fon difcours
Tellement adorable,
Qu'on doute qui charme le mieux,
De l'efprit, de la voix, de la bouche, ou des yeux.

Les ris, les amours, & les graces,
Courent fur fes attraits charmans;
Pres de fa bouche à tous momens
I'en remarque leurs traces,
Et doute qui charme le mieux,
De l'efprit, de la voix, de la bouche, où des yeux.

Encor que la Mer nous separe,
Mon cœur n'en est pas éloigné,
Il a toûjours accompagné
Cette Nymphe si rare;
Ie doute qui charme le mieux,
De l'esprit, de la voix, de la bouche, ou des yeux.

AIR

DE Mᵣ LAMBERT.

Sur le retour de M. L. P. G.

DE la belle Daphné chantez l'heureux retour,
    Muses qui voyez son amour
Parmy tant de périls, tant de maux, tant d'obstacles,
Et benissez la main qui pour la garantir
    S'est fait sentir
    Par tant de miracles.

      M. LABBE' DE BOISROBERT.

D

GAVOTTE.

DEpuis ton éloignement,
Beau sujet de mon tourment,
Sans cesse ie pleure;
Si tu ne viens promptement,
Il faut que ie meure.

Eloigné de tes beaux yeux,
Le plaisir m'est ennuyeux,
Sans cesse ie pleure;
Si tu ne viens en ces lieux,
Il faut que ie meure.

Cependant que dans les Bois
Tu ranges tout sous tes Loix,
Sans cesse ie pleure;
Si bien-tost ie ne te vois,
Il faut que ie meure.

Pour te voir dedans les champs
Ecouler tes plus beaux ans,
Sans cesse ie pleure;
Si tu t'y tiens plus long-temps,
Il faut que ie meure.

F iiij

AIR
DE Mr DE MOLLIER.

D'Où vient cette langueur
Qui fait que ie soûpire,
Èt quel est ce martyre
Qui consume mon cœur?
Ah! ie connois mon mal; Philis, vostre beauté,
Vostre esprit, vostre voix, me font sentir leurs char-
Adieu ma liberté,   [mes
Il faut rendre les armes.

M. QVILLET.

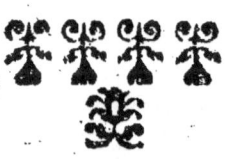

D

AIR
DE Mr DASSOVCY.

DOux objets de mes sens si chers à mes délices,
Chers & sacrez témoins des amoureux suplices,
Beaux lieux, verray-je plus vos charmātes beautez
C'est bien legerement que ie vous ay quittez :
Rochers que tant de fois i'ay toûché de mes peines,
 Et vous claires Fontaines,
N'écouterez-vous plus les accens de ma voix?

Vous qui malgré le temps & la rigueur des Parques
Viuez sans éprouuer l'atteinte de la mort;
Solitaire sejour, delices des Monarques,
Plaignez, belles Forests, plaignez mon triste sort:
Et vous, Hostes des Bois, confidens de mes peines,
 Rochers, claires Fontaines,
N'écouterez-vous plus les accens de ma voix?

F v

D

AIR
DE Mr BOESSET.

Dv profond de mon cœur Amour a fait sortir
　　Des soûpirs & des plaintes,
Esperant par mes pleurs mes flames alentir,
Et par vn mal present faire mourir mes craintes:
Mais quel remede, ô Dieux! au lieu de me guerir,
Il s'en est peu falu qu'il ne m'ait fait mourir.

Au milieu des ennuis qui me font soûpirer
　　Faut-il pas que ie cede?
Exhortant ma raison à ne rien desirer
Pour le soulagement du mal qui me possede,
Si le remede enfin au lieu de me guerir,
Aussi-tost que le mal, me peut faire mourir.

D

RECIT DE BALLET.

DAns la Cour du plus grand des Rois
Enfin i'ay soûmis à mes Loix
Vne Diuinité qui n'eut iamais d'égale:
  Amour en triomphe aujourd'huy
  Dedans vne pompe Royale;
  Mais ie marche à costé de luy.

  Sans moy iamais ce Dieu vainqueur
  N'eust trouué place dans son cœur,
Et qui fut digne d'elle & digne d'vn Empire:
  Amour en triomphe aujourd'huy,
  Et fait que son ame soûpire;
  Mais i'en suis d'accord auec luy.

  Que ne dois-tu point, Grand Lovis,
  Esperer des faits inoüys
De Ivles qui par tout t'a rendu redoutable,
  Puis qu'il est capable en ce jour,
  Par son Esprit incomparable,
  D'accorder l'Hymen & l'Amour?

D

COVRANTE.

DE tous coſtez l'on vous deſire,
Mais ſi vos yeux oſtent les libertez,
Il faut auſſi que voſtre ame ſoûpire:
Sur voſtre cœur i'ay fait vne entrepriſe,
Et ma franchiſe
Ne tient à rien;
Mais ie voy bien, Madame la Marquiſe,
Que voſtre cœur eſt plus dur que le mien.

DE

TIRSI.

VRAN

TIRSI
VRAN
TIRSI
VRAN

TIRSI.

VRAN

TIRSI
VRAN
TIRSI
VRAN

D

DIALOGVE

DE Mr BOESSET LE PERE.

TIRSIS. **D**Onc vos rigueurs, belle Vranie,
　　　　　Iamais ne cesseront.
VRANIE. Quand ta plainte sera finie,
　　　　　Mes rigueurs le seront.
TIRSIS. Soulagez mes ennuis.
VRANIE. 　　Ie ne puis.
TIRSIS. Que vous estes cruelle!
VRANIE. Laisse-moy telle que ie suis,
　　　　　Berger infidelle.

TIRSIS. 　Tout autre aimeroit ma poursuite,
　　　　　Et me voudroit du bien.
VRANIE. Pour croire trop à ton merite,
　　　　　Tu ne merite rien.
TIRSIS. Soulagez mes ennuis.
VRANIE. 　　Ie ne puis.
TIRSIS. Que vous estes cruelle!
VRANIE. Laissez-moy telle que ie suis,
　　　　　Berger infidelle.

TIRSIS. Vous paroiſſez d'aiſe charmée
Au fort de mes tourmens.
VRANIE. Ie me ris de me voir aimée,
Moy qui hay mes Amans.
TIRSIS. Soulagez mes ennuis.
VRANIE. Ie ne puis.
TIRSIS. Que vous eſtes cruelle!
VRANIE. Laiſſez-moy telle que ie ſuis,
Berger infidelle.

TIRSIS. C'eſt mal recompenſer la peine
D'vn pauure cœur mourant.
VRANIE. Penſes-tu que ton amé vaine
M'oblige en m'adorant?
TIRSIS. Soulagez mes ennuis.
VRANIE. Ie ne puis.
TIRSIS. Que vous eſtes cruelle!
VRANIE. Laiſſez-moy telle que ie ſuis,
Berger infidelle.

TIRSIS. Admirez ma perſeuerance,
Ne me mépriſez pas.
VRANIE. Ne te flate point d'eſperance;
Tirſis, tu pers tes pas.
TIRSIS. Soulagez mes ennuis,
VRANIE. Ie ne puis.
TIRSIS. Que vous eſtes cruelle!
VRANIE. Laiſſez-moy telle que ie ſuis,
Berger infidelle.

D

GAVOTTE
DE Mr MOVLLINIE'.

DOnner mes Chanſons, Climene,
Vous apprendre à les chanter,
Sans vous les faire acheter,
C'eſt mal employer ma peine;
Vous n'aurez plus de Chanſon,
Sans en payer la façon.

Ie n'ay plus la patience
De donner ainſi mes ſoins;
Deſormais ie veux qu'au moins
On me paye vn mois d'auance;
Vous n'aurez plus de Chanſon,
Sans en payer la façon.

M. DE BOVILLON.

D

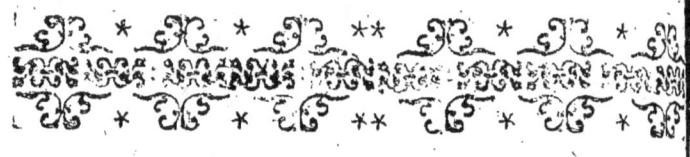

AIR
DE Mr BOESSET LE PERE.

D'Où vient que l'émail du Printemps
A plus d'éclat que de couſtume,
Dans ce Mois amoureux qui rend nos yeux côtes
Et qui chaſſe de nous tout ſujet d'amertume?
C'eſt vous, c'eſt vous, beau Soleil des François,
Qui faites rajeunir ces Bois.

On diroit que de l'œil du jour
Les Driades ſe ſont parées,
Et que pour nous donner encores de l'amour,
De leurs plus beaux habits elles ſe ſont parées:
C'eſt vous, c'eſt vous, beau Soleil des François,
Qui faites rajeunir ces Bois.

E

AIR
DE Mr MOVLINIE.

ENfin ie mourray de defir,
Si ie le trouue inexorable;
Enfin ie mourray de plaifir,
Si ie la trouue fauorable:
Ainfi ie ne fçaurois guerir
De la douleur qui me poffede,
Il faut me refoudre à mourir
De mon mal, ou de fon remede.

Bien que mon ame foit l'objet
Ou de fa haine, ou de fa grace,
Ou que fon cœur pour mon fujet
Porte des feux ou de la glace,
Qu'elle dédaigne mon amour
Dans la douleur qui me poffede;
Si faut-il que ie meure vn jour
De mon mal, ou de fon remede.

Cruel ennemy de mon fort,
Qui dans les graces de Siluie
Veut que ie rencontre la mort
Où ie deurois trouuer la vie:
Du moins permets dans le trépas
Qui fuit l'ardeur qui me poffede,
Amour, que ie ne meure pas
De mon mal, ou de fon remede.

VILANELLE.

Dans cet aimable sejour
    Tout y rit,
    Tout fleurit
Dés le poinct du jour;
Dans ces Forests d'alentour,
Dans ces Prez, ces sillons,
    Les petits Oisillons,
        Les Grillons,
        Les Papillons,
Tout y fait l'amour.

Tirsis au bord d'vn Ruisseau,
    Dans la nuit,
    Lors du bruit,
Vous vid Isabeau:
I'ay tout appris d'vn Echo,
Et les charmans Zephirs
Ialoux de vos plaisirs,
Apporterent vos soûpirs
    Sur le bord de l'eau.

D

AIR DE BALLET
DE Mr DE BEAVCHAMP.

D'Vne brillante grace
Vos traits sont embellis,
Et vostre teint efface
Les roses & les lys
De nos jeunes Philis:
L'esprit, l'air agreable,
Et la taille admirable,
En vous se trouuent joints:
Apres cela, Marquise,
Ne soyez point surprise,
Si ie vous rens des soins,
L'on en rendroit à moins.

M. MOLIERE.

D

AIR
DE Mr TVZEVAL.

D'Vne contraire paſſion
le ſens mon ame atteinte;
De mon reſpect vient la confuſion,
Et l'amour fait naiſtre ma crainte:
Beaux yeux ſi doux, mais rigoureux,
Vn cœur vous déplaiſt il quand il eſt amoureux?

Pour vous i'ay fait ſouuentesfois
Seruir mes yeux de bouche;
Mais leurs regards qui tiennent lieu de voix,
N'ont point eu d'accent qui vous touche:
Beaux yeux ſi doux, mais rigoureux,
Vn cœur vous déplaiſt-il quand il eſt amoureux?

D

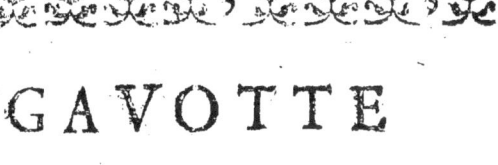

GAVOTTE
B. D. B.

DEpuis ton éloignément
Ie souffre vn si cruel tourment,
Que pour prolonger ma vie,
Ie fais vn inutile effort:
Haste donc ton retour, Siluie,
Si tu veux retarder ma mort.

Seule tu fais tout mon bien,
Sans toy le reste ne m'est rien;
Tu tiens mon ame asseruie,
Et tu disposes de mon sort:
Haste donc ton retour, Siluie,
Si tu veux retarder ma mort.

B. D. B.

E

AIR
DE Mr LAMBERT.

ENfin l'aimable Printemps
Fait reuerdir tous nos champs;
Laiſſe, Iris, ta houlette,
Et chantons ſon retour:
Mais helas! ma Muſette
Ne veut chanter qu'amour.

Malgré l'Hyuer ennuyeux
Flore a déja dans ces lieux
Rétably ſon Empire:
Chante, Iris, ſon retour;
Mais helas! tu m'inſpire
De ne chanter qu'amour.

Ecoute ſous cet Ormeau
Chanter ce petit Oyſeau:
Las! c'eſt vne Fauuette
Qui s'efforce à ſon tour
D'imiter ma Muſette
A ne chanter qu'amour.

Iris, ce cryſtal mouuant
N'eſt pas agité du vent:
Cet air doux qù'on reſpire
Dans ce charmant ſejour,
Ce qu'on prend pour Zephire,
Sont des ſoûpirs d'amour.

E

AIR
DE Mr MOVLINIE.

ENfin Tirfis eſt arreſté,
Les yeux d'vne Diuinité
Triomphent de ſon inconſtance;
Il ne ſçauroit s'cn dégager,
Et perd auecque l'eſperance
Le pouuoir de iamais changer.

E

D

Mais quel
Mes
Et m
Tes Loi
Tu punis l

Ce
Puis c
Et s'il
Sa pei
Ainſi l'A
Sauue les i

To

E

AIR
DE Mr RICHARD.

EH bien nous auons veu Climene;
Mais quel étrange effet d'vn injuste desir
Mes yeux en ont tout le plaisir,
Et mon cœur en porte la peine:
Tes Loix, Amour, ne sont pas équitables,
Tu punis l'innocent, & sauue les coupables.

Ce cœur a bien commis le crime,
Puis qu'il a seul produit ce funeste desir;
Et s'il n'en a pas le plaisir,
Sa peine en est plus legitime:
Ainsi l'Amour, en ses Loix équitables,
Sauue les innocens, & punit les coupables.

Tome II.   G

E

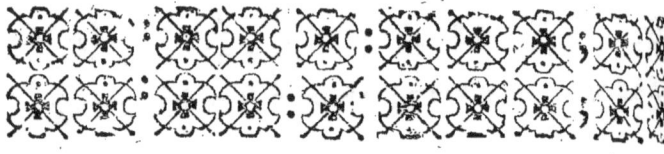

AIR.

B. D. B.

EN vous difant, objet charmant & doux,
  Que ie brûle d'amour pour vous,
Ie vay fans doute vous déplaire:
Mais fi ce mot d'amour vous offenfe fi fort,
  Pour appaifer voftre colere,
On vous dira bien-toft ma mort.

M. RENIER

E
To
Quand o1
Mais ie fe
Si vous a1

E
En
Vo
Pour ne n
Mais ie fe
Si vous a1

E

AIR.

ENfin ie ne conteste plus,
Ma liberté vous rend les armes;
Tous les efforts sont superflus,
Quand on veut resister au pouuoir de vos charmes:
Mais ie serois rauy de viure sous vos Loix,
Si vous auiez le cœur aussi doux que la voix:

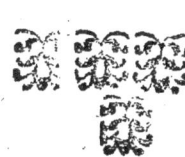

En vain mon ame a combatu,
En vain elle a fait resistance;
Vos charmes & vostre vertu,
Pour ne me vaincre pas, auoient trop de puissance:
Mais ie serois rauy de viure sous vos Loix,
Si vous auiez le cœur aussi doux que la voix.

E

AIR
DE Mr BOESSET.

Esprits qui de l'Amour péfezvaincre les charmes,
Sar vous la jeune Iris vient éprouuer fes armes,
Vous ferez captifs deformais;
En faueur de ce Dieu les Deftins l'ont fait naiftre,
Et tout ce qui pouuoit refifter à fes traits,
S'en va les reconnaiftre.

E

AIR.

ESprit errant qui de ces Bois
Es l'Oracle le plus fidelle;
Nymphe, qui n'es plus qu'vne voix,
Et qui fus autrefois si belle;
   Helas ! console-moy,
J'aime, & suis triste comme toy.

Comme toy i'ay des passions
Qui sont au dela des communes,
Comme toy des affections
Qui causeront mes infortunes:
   Helas ! console-moy,
J'aime, & suis triste comme toy.

M. TRISTAN.

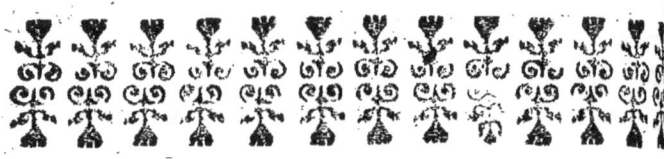

SARABANDE.

ENfin ma liberté si long-temps defenduë
Cede aux appas d'vne jeune Beauté:
Mais helas! ce qui plus me tuë,
Elle s'est tellement renduë,
Que ie n'ay pas la liberté
De dire que ie l'ay perduë.

Le respect ne veut pas que mon ame soûpire,
Tant il paroist à mon bonheur fatal:
Mais helas! dans ce grand martyre
Qui ne peut estre iamais pire,
Ie croirois n'auoir point de mal,
S'il m'estoit permis de le dire.

E

AIR
DE Mr BOESSET LE PERE.

ESprits les plus ambitieux
Qui soient sous l'amoureux Empire,
Que vous sert de jetter les yeux
Sur l'objet pour qui ie souspire?
Philis ne me veut point rauir
L'honneur que i'ay de la seruir.

Ne contemplez que sa beauté,
Et n'ayez soin que de luy plaire,
D'amour & de fidelité
Soyez vn parfait exemplaire;
Vous ne pourez point me rauir
L'honneur que i'ay de la seruir.

Vous esperez que vos appas
Pouront faire qu'elle s'engage;
Mais c'est ne la connoistre pas
De l'estimer assez volage,
Pour se resoudre à me rauir
L'honneur que i'ay de la seruir.

G iiij

Ne vous laiſſez plus déceuoir
A cet orgueil qui vous fait croire
Que Philis pour vous receuoir
Me doit oſter de ſa memoire,
Et ſe reſoudre à me rauir
L'honneur que i'ay de la ſeruir.

Doncques ſans perdre ainſi le temps,
Pauures Amans, trouppe importune,
Si vous voulez viure contens,
Cherchez ailleurs voſtre fortune,
Cloris ne me veut point rauir
L'honneur que i'ay de la ſeruir.

DE

E

Adorable
Pour vou
Et joindr

E

AIR
DE Mr DE MOLLIER.

POVR M.L.D.D.L.

ENfin beau ſujet de mes larmes,
Adorable Philis, me voicy de retour,
Pour vous offrir mon cœur auſſi bienque mes armes,
Et joindre à mes Lauriers les Myrtes de l'Amour.

M. DE MOLLIER.

G v

E

AIR.

ENfin i'ay perdu ma franchise,
Ma liberté se void soûmise,
Amour la tient dessous ses Loix;
Ie ne puis resister, ce petit Dieu m'enchaisne;
Mais dans ma passion i'ay fait vn si beau choix,
Que ie fais gloire de ma peine.

Ma flame est des-interessée,
Et ie n'ay rien en la pensée
Que le respect & le deuoir:
Ie vous aime, Philis, sans aucune esperance;
L'honneur de vous seruir, & celuy de vous voir;
Feront toute ma récompense.

E

AIR.

EH bien, s'il faut mourir, mourons sans diferer,
Et laissons l'Amour acheuer son ouurage;
 J'auray du moins cet auantage,
 Que ie mourray sans murmurer.

Helas! ie dis encor, auant que d'expirer,
Que ie suis trop heureux dans vn si doux seruage,
 Et que ce m'est vn auantage,
 Que de mourir sans murmurer.

M. DE BOVILLON.

AIR
DE Mr CHANCY.

ENnuis qui m'outragez, oyez vn miserable
    Qui s'abandonne à vous:
Bien que vous me causiez vn mal incomparable,
    Vous me semblez trop doux;
Mais vous auez grand tort de me laisser la vie,
    Loin des yeux de Siluie.

En vain vos cruels soins entretiennent mon ame
    D'esperance & de foy,
Puis que le beau sujet qui fait naistre ma flame
    N'est plus aupres de moy;
Et vous auez grand tort de me laisser la vie,
    Loin des yeux de Siluie.

E

ENTRE'E DE BALLET
DE Mr BATISTE.

EN ces lieux ie ne voy que des promenades,
Toutes les nuits i'entens des serenades;
    Lors que mon Maiftre
    Vient à paraiftre,
      Tous les Amours
    Qui ne font que de naiftre,
      Preffent toûjours,
    Pour luy faire connaiftre
    Le beau de fes jours.

             M. BATISTE.

RESPONSE.

Ioüiffez tous les jours de vos promenades,
Toutes les nuits ayez des ferenades;
    Le Cours la Reyne,
    Saint Clou, Vincenne,
      Ont cent plaifirs
    Que nous gouftons fans peine,
      Les feuls Zephirs
    Sur le bord de la Seine
    Pouffent des foûpirs.

             M. L. P. M.

Ie voy bien qu'en Amour il faut tout pretendre,
Et qu'on n'a rien à moins que d'entreprendre;
  Vn cœur timide,
  Qui n'a pour guide
  Que le respect,
  N'obtient rien de solide,
  L'Amour parfait,
  Comme vn second Alcide,
  Prend tout au colet.

Vous Galands qui d'Amour cherchez la methode,
Suiuez la mienne, elle est assez commode;
  Si ie ménage
  Quelque auantage,
  Et que mon cœur
  Que ie donne pour gage
  Soit le vainqueur,
  Aussi-tost ie m'engage,
  Sinon, seruiteur.

Ie me plains en secret, & ie n'ose dire
Pour quel sujet nuit & jour ie soûpire;
  Mais à ma mine
  Triste & chagrine,
  Dedans ces lieux,
  Tout le monde deuine
  Que des beaux yeux
  D'vne Beauté Diuine
  Ie suis amoureux.

       M. LE P. M.

E

SARABANDE
DE Mr BATISTE.

ENfin ie vous revoy, charmante Cour,
Lieux tant aimez où nâquit l'amour
 Que i'ay pour Climene:
Mais ie voy depuis mon retour,
 Que cette inhumaine,
 Comme le premier jour,
Est insensible à ma peine.

M. DE BENSSERADE.

E

GAVOTTE.

Est-ce ainsi, belle Siluie,
Que tu traittes tes Amans,
De changer à tous momens,
Pour leur oster la vie?
N'as-tu point peur que l'Amour
Ne te punisse quelque jour?

La rigueur du temps efface
Les plus belles fleurs du teint,
Et la cruauté le peint
De rides & de glace:
Apprehende que l'Amour
Ne te punisse quelque jour.

Cette lumiere éclatante
Qui paroist dans tes beaux yeux,
Ne sera plus en ces lieux
Qu'vne ombre languissante:
Prens donc garde que l'Amour
Ne te punisse quelque jour.

Enfin ce que la naiſſance
Repreſente de plus beau,
S'en ira dans le tombeau,
Malgré ton inconſtance:
Prens donc garde que l'Amour
Ne te puniſſe quelque jour.

E

GAVOTTE.

EStant dans la refverie
Affis au bord d'vn Ruiffeau,
I'auifay mon Ifabeau
Dormant dans vne Prairie:
Dieux ! que la difcretion
Fait tort à ma paffion.

Ie ne penfois qu à ma peine,
Ie mourois de déplaifir,
Mais ie mourus de defir
Quand ie vis cette inhumaine:
Et trop de difcretion
Fit tort à ma paffion.

Enfin tout remply de crainte
Ie l'approche pâliffant;
Et mon cœur tout languiffant
Dans vne telle contrainte,
M'ofta la difcretion
De cacher ma paffion.

E

AIR
DE Mr LAMBERT.

ENfin, belle Philis, voicy cet heureux jour
   Qui vient couronner mon amour:
Apres tant de soûpirs, de douleurs, & de plaintes,
Mon cœur n'aspire plus qu'à brûler desormais,
     Sans voir iamais
  Ses flames éteintes.

E

AIR
DE Mᵣ LAMBERT.

Sur la Naissance de M. le Dauphin.

ENfin noftre bonheur paffe noftre efperance,
Et le Ciel en donnant vn Dauphin à la France,
Bannit tous fes malheurs:
Ne vous étonnez pas, fi lors qu'il vint paraiftre,
Il fe rendit maiftre des cœurs,
De Mars & de Vénus l'Amour feul deuoit naiftre,

E

AIR.

ESpoir qui flatez mon amour,
Dites-moy quand viendra le jour
Que ie dois poſſeder Climene:
Helas ! ie vous reclame en vain,
Il n'eſt rien de plus incertain
Que cet heureux moment qui doit finir ma peine.

M. BOVCHARDEAV.

E

GAVOTTE.

Esperer
Et desirer,
Il est vray c'est martyre;
Mais n'auoir
Aucun espoir,
Des tourmens c'est le pire:
Sont mes peines,
Sont mes gesnes,
Sont mes maux,
Et mes trauaux;
Sont mes trauaux,
Sont mes peines,
Sont mes gesnes,
Et mes maux.

Sans guerir,
Toûjours souffrir,
Aimer d'amour extréme,
Endurer,
Et soûpirer,
Vouloir mal à soy-méme:

Sont mes peines,
Sont mes gesnes,
Sont mes maux,
Et mes trauaux;
Sont mes trauaux,
Sont mes peines,
Sont mes gesnes,
Et mes maux.

Les Oyseaux
Sur les Ormeaux
Disent leurs amourettes;
Mais á moy
C'est vne Loy
De les tenir secrettes:
Sont mes peines,
Sont mes gesnes,
Sont mes maux,
Et mes trauaux;
Sont mes trauaux,
Sont mes peines,
Sont mes gesnes,
Et mes maux.

Si mes pleurs,
Ou mes douleurs,
Paroissent à ma Belle,
Tout soudain
Auec dédain
Elle fait la cruelle:

Sont mes peines,
Sont mes gesnes,
Sont mes maux,
Et mes trauaux;
Sont mes trauaux,
Sont mes peines,
Sont mes gesnes,
Et mes maux.

Quel espoir
Donc puis-je auoir
Pres de cette inhumaine?
Si ie veux
Offrir des vœux,
C'est augmenter sa haine;
Sont mes peines,
Sont mes gesnes,
Sont mes maux,
Et mes trauaux;
Sont mes trauaux,
Sont mes peines,
Sont més gesnes,
Et mes maux.

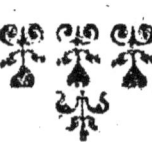

Virez-vo
Pou
De voi
Arestez-vo
Si vous
Vous f

Où pourez
Qu
Ne les
Arestez-vo
Si vou
Vous fu

DE

Tom

F

AIR
DE Mr LE CAMVS.

Fuirez-vous donc toûjours, adorable Climene,
    Pour éuiter la peine
De voir nos injuftes tourmens?
Arreftez-vous enfin, ô Beauté fans feconde;
    Si vous fuyez tous vos Amans,
    Vous fuirez tout le monde.

Où pourez-vous cacher vos attraits & vos charmes,
    Que nos cœurs & nos larmes
Ne les trouuent à tous momens?
Arreftez-vous enfin, ô Beauté fans feconde;
    Si vous fuyez tous vos Amans,
    Vous fuirez tout le monde.

                  M. DE BOVILLON

F

AIR
DE Mr DE MOLLIER.

Fascheuse image de ma gloire,
Et vous, plaisirs trompeurs, que i'ay si-tost perdus;
Sortez de ma triste memoire;
Iris qui vous causoit, ne me reconnoist plus:
Helas ! qui l'auroit dit? & qui pourra le croire?

M. DE P.

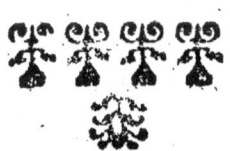

F

AIR
DE Mr BOESSET.

FAut-il qu'vne Beauté mortelle
Trouble mes fens & ma raifon,
Et que ie meure en fa prifon,
Puis qu'elle me croit infidelle?
Non, non, c'eft viure lâchement,
D'eftre plus long-temps fon Amant.

Ceffez, mes yeux; ceffez, vos larmes,
Et vous, mon cœur, de foûpirer;
Ie ne fçaurois plus diferer
A faire mépris de fes charmes:
Non, non, c'eft viure lâchement,
D'eftre plus loug-temps fon Amant.

H ij

F

AIR
DE Mr CAMBEFORT.

FAut-il abandonner ces lieux?
Ces lieux délicieux,
Ce beau sejour
Des Ieux, des Ris, dès Graces, & d'Amour,
Où l'on benist sans cesse
Vne Princesse,
Dont les beautez
De tous les Roys gagnent les libertez.

Que ces Canaux, que ces Rochers,
Que ces Bois luy font chers!
Fontainebleau
De tous les lieux est l'objet le plus beau,
Puis qu'on y voit sans cesse
Vne Princesse,
Dont les beautez
De tous les Roys gagnent les libertez.

F

AIR
DE Mr DASSOVCY.

POVR MADAME DE SAVOYE.

Filles du Ciel, venez paraiftre;
Mufes, quittez voftre fejour;
Celle que les Dieux firent naiftre,
Vous rappelle dedans fa Cour:
Venez à moy, Troupe adorable,
Pour chanter fes charmes diuers,
Chantons la Fille incomparable
Du plus grand Roy de l'Vniuers.

L'Aftre qui luit fortant de l'onde,
Dit en voyant fes qualitez,
Qu'il n'eft rien de pareil au Monde
A fes vertus & fes beautez:
Sus donc à moy, Troupe adorable,
Pour chanter fes charmes diuers,
Chantons la Fille incomparable
Du plus grand Roy de l'Vniuers.

H iij

Bien que le Ciel qui la fit telle
Fasse assez connoistre aux mortels
Que nous n'auons rien digne d'elle
Que de l'Encens & des Autels;
Ne laissons pas, Troupe adorable,
De chanter ses charmes diuers,
Chantons la Fille incomparable
Du plus grand Roy de l'Vniuers.

DE Mr

Fv
Q
Et ch
Où le
Ah!
Mais

Pou
Et m
Ne l'
Ne l'
Ah! i
Mais

Qu
Le C
Où le
C'est
Ah! i
Mais

F

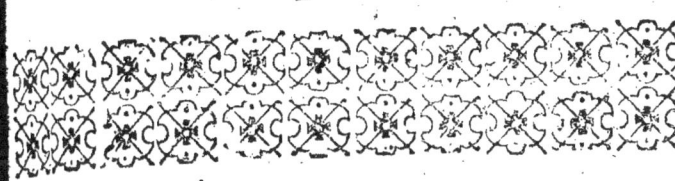

AIR
DE Mr BOESSET LE PERE.

FVyons cette belle inhumaine
Qui m'en donne tant de sujet,
Et cherchons vn plus doux objet
Où le plaisir passe la peine:
Ah! ie le dis bien chaque jour,
Mais ie ne puis, i'ay trop d'amour.

Pour guerir mon ame blessée,
Et m'en défaire encore mieux,
Ne l'ayant plus deuant les yeux,
Ne l'ayons plus dans la pensée:
Ah! ie le dis bien chaque jour,
Mais ie ne puis, i'ay trop d'amour.

Quoy qu'elle ait mon ame rauie,
Le Ciel sera sourd à mes cris;
Ou le congé que i'en ay pris,
C'est pour le reste de ma vie:
Ah! ie le dis bien chaque jour,
Mais ie ne puis, i'ay trop d'amour.

H iiij

F

AIR
DE Mr MOVLINIE'.

FErmez-vous, ô beaux yeux, qui faites mon martyre,
Et n'oſtez point aux miens la lumiere du jour;
Vos feux ſont ſi brillans, que mon ame peut dire,
Ie meurs ſans voir l'objet qui cauſe mon amour.

M. DE BOVILLON.

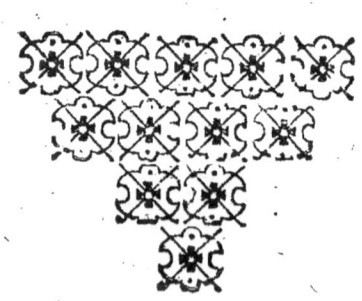

RECI
DE M

FV yez
Triſt
Parmy tout ce
Il n'eſt pa
Que vous
Mo

Ieune Lovis,
Dans quelque
De ce Dieu do
Il faut ce
Et que vo
Mor

F

RECIT DE BALLET
DE Mr DE CAMBEFORT.

Fvyez bien loin, ennemis de la joye,
Triftes objets, faut-il que l'on vous voye
Parmy tout ce qu'Amour a d'aimable & de doux?
Il n'eſt pas juſte, ce me ſemble,
Que vous ſoyez meſlez enſemble
Mon Fils & vous.

Ieune Lovis, le plus grand des Monarques,
Dans quelque temps vous porterez des marques
De ce Dieu dont iamais on n'éuite les coups;
Il faut ceder à ſa puiſſance,
Et que vous faſſiez connoiſſance
Mon Fils & vous.

M. DE BENSSERADE.

H v

AIR.

FVyez, mes yeux, les charmes d'Amarante,
Craignez de ses regards les attraits dangereux;
Pour seduire vn Amant, elle feint d'estre Amante,
Mais elle prend plaisir de le voir malheureux.

M. CORNY.

D

FOib

La fi
Pens
S'éle
N'es

F

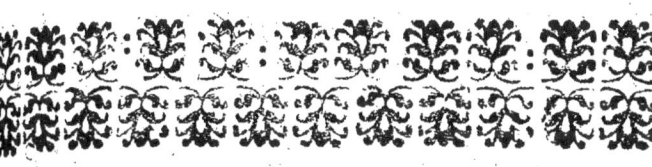

AIR
DE Mr LAMBERT.

FOible raiſon, vous cherchez vainement
    Dans vn éloignement
 La fin du mal qui me poſſede:
 Penſez mieux à me ſecourir;
 S'éloigner ſouuent du remede,
 N'eſt pas le moyen de guerir.

F

AIR
DE Mr BOESSET LE PERE.

FAut-il que ie quitte ces lieux
    Eclairez des beaux yeux
    Pour qui mon cœur soûpire?
Quelle raison, Amour, te dois-je dire?
    Helas ! ie suis au desespoir,
Puis-je bien consentir de viure sans les voir?

Amour, qui maistrisez les Dieux,
    Et vous aussi, beaux yeux,
    Venez à ma defense,
Et du deuoir surmontez la puissance:
    Helas ! ie suis au desespoir,
Puis je bien consentir de viure sans les voir?

F

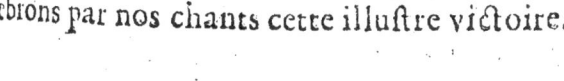

AIR
DE Mr BOESSET.

Pour la Conualesence du Roy.

François, soyez tous réjoüis,
Vous reuerrez ce grand & ce charmant Lovis,
L'honneur du Ciel & de la Terre:
Ce Prince ayant soûmis le Démon de la Guerre,
Aidé du Ciel par vn puissant effort,
A mesme desarmé la Mort;
Celebrons par nos chants cette illustre victoire.

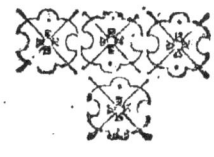

G

AIR
POVR LE FEV ROY.

GRand Roy, qui forces la Victoire
A suiure par tout ta valeur,
Dont la Vertu produit la gloire,
Et fait écarter le malheur,
Ie suis l'ambition à ton ame inconnuë,
Qui souuent pour vn corps n'embrasse qu'vne nuë.

Sans cesse le cœur que i'inspire
Trouble le repos des humains,
Souuent pour l'espoir d'vn Empire
Il perd ce qu'il tient dans les mains;
C'est vne passion à ton ame inconnuë,
Qui souuent pour vn corps n'embrasse qu'vne nuë.

G

GAVOTTE.

Guerissez-vous, Siluie,
Et contentez mes vœux;
Quand vous serez guerie,
Nous le serons tous deux.

Le Dieu qui fait ma peine,
L'ordonne & veut ainsi;
Vous deuez, inhumaïne,
Y consentir aussi.

Euitez sa colere,
Cruelle, rendez-vous;
Ie sçay ce qu'il peut faire,
Ie ressenty ses coups.

RECIT DE BALLET
DE Mr BOESSET LE PERE.

GRands Soleils, Diuines Beautez,
Qui remplissez la nuit de clartez,
Et nous comblez tous de merueille,
Qui vous conduit, beaux Astres d'Amour?
A peine l'Aurore sommeille,
Et vous ramenez le jour.

Ces beaux yeux forçant le Destin,
Nous font paroistre au soir le matin,
Par vne vertu sans pareille:
Qui vous conduit, beaux Astres d'Amour?
A peine l'Aurore sommeille,
Et vous ramenez le jour.

H

AIR
DE Mr BOESSET.
POVR LE ROY.

HElas ! ie ne suis qu'vñ Enfant,
Ma raison ne fait que de naistre,
Et l'Amour déja triomphant
Me donne des desirs que ie ne puis connaistre:
Beaux yeux, dés à present considerez ma foy,
Et quelque jour ayez pitié de moy.

Iamais on ne vid rien d'égal
A la douleur qui me possede;
Ie suis tout propre pour le mal,
Et ne suis pas encor capable de remede:
Beaux yeux, dés à present considerez ma foy,
Et quelque jour ayez pitié de moy.

H

AIR
DE Mr MOVLINIE'.

HElas! elle s'en va, ie ne la verray plus,
A ma iuste douleur il faut bien que ie cede:
Que les regrets sont superflus,
Dans les maux dont la mort est l'vnique remède!
Apres vn tel malheur,
Si i'aimois encore la vie,
Que diroit mon amour? que diroit ma douleur?
Et que diroit Siluie?

Ses yeux doux & flateurs, & iamais courroucez,
Me faisoient dans mes fers trouuer mille delices:
Pour des plaisirs si-tost passez,
Quoy, faut-il que mon cœur souffre tant de suplice
Mais la iuste douleur
D'estre loin des yeux de Siluie,
Va finir mon amour, va finir mon malheur,
En finissant ma vie.

M. SCARRON.

H

AIR
DE Mr BOESSET.

HA ! ie me rends à cette fois,
Belle Angelique, tu m'inspires,
Par les doux accens de ta voix,
Les passions que tu soûpires :
Beau chef-d'œuure de la Nature,
Qui fais trembler les cœurs les plus hardis,
Pour dire tout ce que i'endure,
I'endure tout ce que tu dis.

Ie sçay bien que mon cœur blessé
Par l'effet de tant de merueilles,
Doute si tes coups ont passé
Par mes yeux, ou par mes oreilles :
Beau chef-d'œuure de la Nature,
Qui fais trembler les cœurs les plus hardis,
Pour dire tout ce que i'endure,
I'endure tout ce que tu dis.

M. DE CHARLEVAL.

H

AIR
DE Mr BOESSET LE · PERE

HElas ! qu'en vain i'arriue au Port
Où la Diuinité de Chimene m'appeile;
Ie parts en arriuant, & me feparant d'elle,
   Ie vay droit à la mort:
    Ah ! que i'ay de peine
   A m'éloigner de Climene.

Parmy les douceurs de la Cour
I'éprouue tous les ans cette mefme amertume;
Il femble que le feu de la guerre s'allume
   Du feu de mon amour:
    Ah ! que i'ay de peine
   A m'éloigner de Climene.

Ne me flatte plus deformais,
Amour, qui promettois tant de bien à mon ame
Que veux-tu que i'efpere, en difant à ma Dame
   Vn adieu pour iamais?
    Ah ! que i'ay de peine
   A m'éloigner de Climene.

H

AIR
DE Mr MOVLINIE'.

HElas! ie languis, ie me meurs,
Et vous le voulez, Amarille;
Mes cris, mes soûpirs, & mes pleurs,
Ne font qu'vn effort inutile;
Hé bien i'abandonne à vos feux
Vn cœur fidelle & malheureux.

Apres les plaintes d'vn Amant,
Si vous méprisez son martyre,
Son cœur en ce triste moment
N'a plus que ces mots à vous dire:
Ie veux contenter vos desirs
Iusqu'au dernier de mes soûpirs.

H

AIR
DE Mr RICHARD.

HElas ! que ie souffre de mal,
Ma peine est toûjours sans pareille;
Il faut par vn Arrest fatal
Quitter cette jeune merueille:
Forcé par la rigueur d'vn injuste pouuoir,
Ie n'ose plus la voir.

Destins qui gouuernez mon sort,
Voyez l'estat de mon martyre;
Hastez-vous, donnez-moy la mort,
Las ! c'est tout ce que i'ose dire:
Forcé par la rigueur d'vn injuste pouuoir,
Ie n'ose plus la voir.

H

AIR.

Helas ! ie me meurs quand ie penſe
A l'injuſte rigueur dont tu payes ma foy :
   Amarillis, que ma conſtance
T'oblige ſans raiſon de viure ſous ta Loy!
Mais mon deſtin le veut, & l'Amour m'y conuie
Cherir tes beautez aux dépens de ma vie.

H

AIR.

HA ! que mon mal est doux, adorable Siluie,
Puis que ie meurs pour vos diuins appas,
Et que vos yeux pour qui ie pers la vie,
Sont les témoins de mon trépas.

Ie vay souffrir la mort, & mon ame est rauie,
Dans mon tourment ie trouue des appas,
Puis que vos yeux pour qui ie pers la vie,
Sont les témoins de mon trépas.

H

RECIT DE BALLET
DE M. DE MOLLIER.

Helas ! ie fuis au defefpoir,
   Il faut cefler de viure;
Vous me quittez, Philis, & les Loix du deuoir
   M'empefchent de vous fuiure.

   Alors qu'vne dure contrainte
Nous enleuoit Philis fans efpoir de retour,
Tirfis preft d'expirer, de douleur & d'amour,
Les yeux baignez de pleurs, faifoit ainfi fa plainte:
   Helas ! ie fuis au defefpoir,
   Il faut cefler de viure;
Vous me quittez, Philis, & les Loix du deuoir
   M'empefchent de vous fuiure.

   Les pleurs de cet Amant fidelle
L'arrefteroient, fi rien la pouuoit arrefter;
   Mais de Tirfis & d'elle
L'abfence & le trépas ne fçauroient s'éuiter.

   Philis vers fon Amant ayant tourné la veuë,
Iat vn trifte regard qui le charme & le tuë,

Tome II.   I

Luy dit adieu pour la derniere fois;
Et l'affligé Berger que la douleur tranſporte,
D'vne mourante voix,
Luy parle de la ſorte:
Helas ! ie ſuis au deſeſpoir,
Il faut ceſſer de viure;
Vous me quittez, Philis, & les Loix du deuoir
M'empeſchent de vous ſuiure.

DE

HAſtez
Mes
jour,
Depuis qu
Et c
N'e:
Que

H

AIR
DE Mr DE MOLLIER.

HAstez, belle Philis, haftez voftre retour,
Mes yeux baignez de pleurs ne voyent plus le
  jour,
Depuis qu'ils ne font plus éclairez par les voftres;
  Et cependant mon defefpoir
  N'eft pas tant de ne les plus voir,
  Que de ce qu'ils font veus par d'autres.

M. DE P..

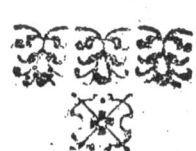

I ij

H

RONDEAV
DE Mr BATISTE.

HA ! qu'il est doux de se rendre
    A l'empire de l'Amour;
Ie ne m'en sçaurois defendre,
Vne brune m'a sceu prendre,
A qui ie dis chaque jour,
Ha ! qu'il est doux de se rendre
A l'empire de l'Amour.
  Que n'a-t'elle vn cœur plus tendre,
Et que ne luy puis-je apprendre
A me répondre à son tour;
Ha ! qu'il est doux de se rendre
A l'empire de l'Amour.

M. QVINAVLT

DE

J'Aime, ie
le souffre
Hela
tes plus d

I

AIR
DE Mr LE CAMVS.

J'Aime, ie suis aimé ; cependant nuit & jour
Ie souffre des ennuis, des tourmens, & des gesnes :
Helas! pourquoy, cruel Amour,
A tes plus doux plaisirs mesles-tu tant de peines?

M. LA.C. D L. S.

A I R.

J'Estois au milieu d'vne Plaine
Assis au bord d'vne Fontaine,
En attendant la fin du jour,
Sans penser à l'Amour :
Mes yeux, complices de ma peine,
Pourquoy vistes-vous Celimene?

DE

I Ris
De
Quoy
Et vo
eaux yeux
Ie ne

I

AIR
DE Mr BOESSET.

IRis, que vous estes cruelle,
De vouloir souffrir mon trépas:
Quoy? vous me nommez infidelle,
Et vous connoissez vos appas?
caux yeux vainqueurs, aussi puissans que doux,
Ie ne veux adorer que vous.

I iiij

I

RECIT DE BALLET
DE Mr BOESSET.

IE defcens du facré Valon
Où ie regne auec Apollon;
Pour le pinceau i'abandonne la plume,
Ie ne fay plus que des Portraits,
Et i'en ay tellement étably la couftume,
Que tout le monde veut peindre fes propres traits.

I'ay quitté l'employ glorieux
De peindre les Roys & les Dieux,
En vain l'Amour preffe mon induftrie
Pour fes traits & pour fon flambeau;
Ce que i'ay de couleurs font pour la Raillerie,
Dont i'entreprens icy de faire le Tableau.

I

GAVOTTE.

I'Ay tant cherché la Beauté,
Qu'enfin ie l'ay trouuée,
Et ie crois en verité
Qu'auec vous elle eſt née:
Belle Iris, vous l'emportez
Deſſus les autres Beautez.

Il n'eſt rien d'égal à vous,
Vous eſtes ſans ſeconde,
On ne voit rien de ſi doux
Aux yeux de tout le monde:
Belle Iris, vous l'emportez
Deſſus les autres Beautez.

Il eſt vray, i'ay bien aimé
L'agreable Carité,
Et i'ay beaucoup eſtimé
De Philis le merite:
Mais, Iris, vous l'emportez
Deſſus les autres Beautez.

I v

Traittez comme vous voudrez
Mon feruice & ma flame,
Toûjours vous poſſederez
Et ma vie & mon ame,
Sans auoir autre deſir,
Iris, que de vous feruir.

I

AIR.

IE ne vous connois que d'vn jour,
Et ie brûle pour vous d'amour,
Vn charme secret m'y conuie:
Ah! ie voy bien qu'il est vn sort
Qui fait que l'on aime d'abord
Ce que l'on doit aimer le reste de sa vie.

I vj

I

LA BOVRBONNOISE,

DIALOGVE

DE Mr DE MOLLIER.

TIRSIS.

IE vous dis que ie vous aime,
Et vous m'aimez, dites-vous:
Qui doit-on croire de nous?
Soyez-en Iuge vous-méme:
Quand pour vous voir en tous lieux
Ie pers le repos, Climene,
Vous prenez la mesme peine,
Pour vous cacher à mes yeux:
Qui de nous aime le mieux?

CLIMENE.

Cher Tirsis, pour satisfaire
Vostre desir indiscret,
Vous détruisez le secret
A nos feux si necessaire:
Moy que tout peut alarmer,
Ie fuis pour rendre eternelle
La flame innocente & belle
Dont ie me sens consumer:
Qui de nous sçait mieux aimer?

TIRSIS.

Ingrate, quand ie n'aspire
Qu'à préuenir vos desirs,
Et ne cherche de plaisirs
Qu'à viure sous vostre Empire;
Vous par des soins superflus
Tenez nos flames contraintes,
Et n'accordez à mes plaintes
Que de seueres refus:
Qui de nous aime le plus?

CLIMENE.

Quand vostre colere éclate
Auec tant d'emportement,
Et que si peu iustement
Vous m'accusez d'estre ingrate:
Moy pour vous seul chaque jour
Ie méprise la constance
De cent Bergers d'importance
Qui par tout me font la Cour:
Qui de nous a plus d'amour?

TIRSIS.

Pardonne, Bergere aimable,
Pardonne, & faisons la paix.

CLIMENE.

Toy, ne doute donc iamais
De ma flame veritable.

CLIMENE & TIRSIS,

Faisons qu'Amour glorieux
De voir nostre ardeur extréme,
Ne puisse juger luy-méme
Qui de nous aime le mieux,
Qui de nous aime le mieux.

M. DE P...

I

AIR
DE Mr BOESSET LE PERE

Ils s'en vont ces Roys de ma vie,
Ces yeux, ces beaux yeux,
Dont l'éclat fait pâlir d'enuie
Ceux mesmes des Cieux:
Dieux ! amis de l'innocence,
Qu'ay-je fait pour meriter
Les ennuis où cette abfence
Me va precipiter?

Elle s'en va cette merueille
Pour qui nuit & jour,
Quoy que la raifon me confeille,
Ie brule d'amour:
Dieux ! amis de l'innocence,
Qu'ay-je fait pour meriter
Les ennuis où cette abfence
Me va precipiter?

Dans quel effroy de solitudes,
  Affez écarté,
Mettray-je mes inquietudes
  En leur liberté?
Dieux! amis de l'innocence,
Qu'ay-je fait pour meriter
Les ennuis où cette absence
  Me va precipiter?

I

AIR
DE Mr DE CAMBEFORT.

IE vous réuele enfin le secret de mon ame;
  Mais si le beau feu qui m'enflame
    Est trop ambitieux,
Ie consens de mourir, adorable Siluie,
  Pourueu qu'en mourant ie vous die
  Le mal que m'ont fait vos beaux yeux.

Mon cœur s'efforce en vain de garder le silence,
  Mes soûpirs luy font violence,
    Et sont victorieux:
Mais s'il faut que ie meure en cet heureux martyre,
  Pourquoy n'oseray-je vous dire
  Le mal que m'ont fait vos beaux yeux?

M. DE BOVILLON.

I

AIR.

J'Auois bien resolu d'estre toûjours discret,
    Et mourir sans regret,
  En vous cachant mon mal extréme:
Mais contre mon dessein mon cœur en soûpirant,
  Quand il vous dit que ie vous aime,
  C'est vn effort qu'il fait en expirant.

I

AIR
DE Mr CHEVALIER.

IE meurs de langueur & d'amour
Dans le plus aimable sejour
Où l'on puisse iamais mieux flater mon enuie;
Mais parmy tant d'appas si charmans & si doux,
Ie ne vous trouue point, adorable Siluie,
Et ie ne puis viure sans vous.

AIR
DE Mr METRV.

IL faut que ie le die
Ce que i'ay tant celé;
Faute d'auoir parlé,
Ie vay perdre la vie:
Ie meurs pour vos appas,
Ne vous offensez pas
Si mon mal se publie;
Puis qu'il m'en couste le trépas,
Il faut que ie le die.

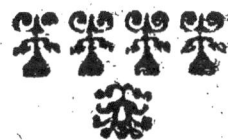

I

RECIT DE BALLET.

IEunes cœurs, croyèz-moy, laiſſez-vous enflames
 Toſt ou tard il faut aimer,
 Et c'eſt en vain qu'on façonne:
Tout cede à mon pouuoir, tout flechit ſous mes loi
 Ie n'en excepte perſonne,
  Pas meſme les Rois.

A quoy voulez vous d'ōc employer vos beaux jours
 Le Printemps pour vos amours
 Eſt plus propre que l'Automne:
Tout cede à mon pouuoir, tout flechit ſous mes loi
 Ie n'en excepte perſonne,
  Pas meſme les Rois.

I

A I R
DE Mʳ LAMBERT.

I'Ay poussé des soûpirs, i'ay répandu des larmes;
    Pour toucher vostre cœur,
Ces soûpirs & ces pleurs sont d'inutiles armes
    Contre vostre rigueur:
Apres ce qu'on m'a veu souffrir,
Philis, i'ay tout fait pour vous plaire;
Et si ce n'est qu'il faut mourir,
Ie ne sçay plus ce qu'il faut faire.

M. LE COMTE DE F...

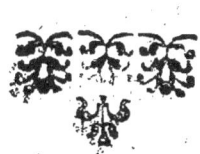

I

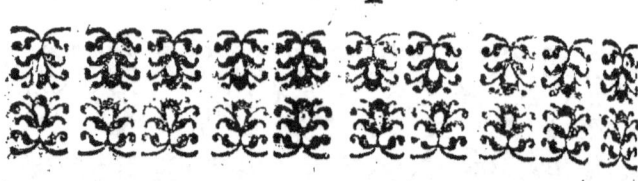

SARABANDE
DE Mr RICHARD.

IE veux mourir, s'il est vray, que Siluie
Soit sur le poinct de s'éloigner d'icy:
Mais le deuoir, ce tyran de ma vie,
Ne veut-il pas que ie m'éloigne aussi?
Fais qu'en ce lieu l'vne & l'autre demeure,
Cruel Destin, ou permets que ie meure.

I Helas! Destin, que tes loix sont cruelles,
Ne voy-tu pas qu'en nos éloignemens
Paris perdra le miracle des Belles,
Et le Phénix des fidelles Amans?
Fay qu'en ce lieu l'vne & l'autre demeure,
Cruel Destin, ou permets que ie meure.

I

AIR
DE Mr CAMBEFORT.

IE voudrois bien, Philis, vous dire quelque chose,
Que ie sens dans mon cœur, & ne puis exprimer:
Mais excusez, si ie ne l'ose,
Car ie crains que ce soit aimer.

Ie ne sçay pas encor, Philis, si ie vous aime,
Mais ie ressens vn feu que ie n'ose nommer;
Pour vous mon mal deuient extréme,
Et ie crains que ce soit aimer.

AIR
DE Mr. MOLLIER.

IL est doux, il est dangereux
De regarder ce que l'on aime;
Mais le plaisir seduit & le cœur & les yeux,
Et le péril, bien qu'on le sçache extréme,
Etonne rarement vn Esprit amoureux.

M. DE

Tome

I

AIR
DE Mr LAMBERT.

IL ne m'eſt pas permis de retarder vn jour;
Olympe, il faut que ie vous laiſſe;
Mais en ce depart ie confeſſe,
Que ie ne donne à Mars que les reſtes d'Amour.

Allons dans les Combats chercher le dernier iour,
I'y dois trouuer vn doux martyre,
Pourueu qu'Olympe puiſſe dire,
Il meurt aux chāps de Mars par les flames d'Amour.

Tome II.   K

I

AIR

DE Mr LAMBERT.

IE ne veux plus vous voir,
Bien que ie craigne voſtre abſence;
Vos yeux vſent trop mal d'vn abſolu pouuoir,
Ils font ſoûpirer l'Innocence;
Et voſtre cœur, Philis, eſt d'accord auec eux,
Pour faire vn Amant malheureux.

M. TRISTAN

C'eſt trop déliberer,
Ie vous laiſſe, belle Inhumaine;
Vos yeux lancent des traits qui font trop endurer,
Ils font les autheurs de ma peine;
Et voſtre cœur, Philis, eſt d'accord auec eux,
Pour faire vn Amant malheureux.

DE

IN
Et
Pend
Ton
Ingr
Et tu

Ta
Et ce
Que
Et qu
Ta b
Et ce

I

AIR
DE Mr DE MOLLIER.

INgrate, ie n'aime que toy,
Et tu feins de m'aimer, ingrate;
Pendant que ta bouche me flate,
Ton ame me manque de foy:
Ingrate, ie n'aime que toy,
Et tu feins de m'aimer, ingrate.

Ta bouche l'a cent fois juré,
Et cent fois a menty ta bouche,
Que mon amour difcret te touche,
Et que ton cœur m'eft affuré:
Ta bouche l'a cent fois juré,
Et cent fois a menty ta bouche.

K ij

I

AIR
DE Mᶜ BOESSET LE PERE,

IE vay mourir dans le moment
Qu'Aminte me fera rauie:
La Cour, en la perdant, perdra son ornement,
Moy, ie perdray la vie;
Amour, ie feray ton martyr,
Ie n'ay plus guere à viure, elle s'en va partir.

Helas! tu fçais combien de fois
Deuant ce miracle des Belles,
Parmy tant de mépris, i'ay reueré tes Loix,
Qui m'eſtoient ſi cruelles:
Amour, ie feray ton martyr,
Ie n'ay plus guere à viure, elle s'en va partir.

Au moins, ſi d'vn courage fort
I'ay marché deſſous ton enſeigne,
Pour toute récompenſe, à l'inſtant de ma mort,
Fais qu'Aminte me plaigne:
Amour, exauce ton martyr,
Ie n'ay plus guere à viure, elle s'en va partir.

M. L'ABBÉ DE BOISROBERT

I

AIR
DE Mr LAMBERT.

IE vous aimois, vous me l'auiez permis;
I'esperois d'estre aimé, vous me l'auiez promis:
Mais helas! belle Iris, ie voy bien le contraire,
Ie n'ose en murmurer, de peur de vous déplaire;
  Mais il m'est permis d'expirer,
  S'il m'est ordonné de me taire.

Dedans vos fers, charmé de vos appas,
Ie souffrois mes tourmens, & ne m'en plaignois pas:
Vous feigniez de m'aimer, ie vous aimois sãs feindre,
Vous m'auez fait souffrir les maux les plus à craindre;
  Mais il m'est permis de mourir,
  S'il m'est defendu de me plaindre.

K iij

I

AIR
DE Mr MARTIN.

IE ne puis vous quitter, trop aimable Infidelle,
Et vos yeux ont toûjours mefme pouuoir fur mo[y]
  O Dieux! que n'eftes vous moins belle?
  Ou que n'auez-vous plus de foy?

VRis, dét[
D'adore[
Im'en a t[
Helas! i'e[

I

AIR

DE Mʳ DE CHAMBONNIERE.

N.

nfidelle,
oir fur mo
elle?

Ris, détrompez-vous; non, ie n'ay plus d'enuie
D'adorer vos beaux yeux, autrefois mes vainqueurs;
Il m'en a trop coufté pour fouffrir vos rigueurs,
Helas! i'en ay penfé cent fois perdre la vie.

K iiij

I

AIR

IE fuis bleſſé de mille dards,
Beaux yeux, ie vay perdre la vie,
Détournez vn peu vos regards,
Mais non, regardez-moy, Siluie.
O Dieux! quel moyen de guerir,
Et que dois-je ſuiure,
S'il m'eſt impoſſible de viure,
Sans voir ce qui me fait mourir?

Belle bouche, pleine d'appas,
Petite, vermeille, & mignarde,
Ie meurs quand ie ne vous voy pas,
Et ie meurs quand ie vous regarde.
O Dieux! quel moyen de guerir,
Et que dois-je ſuiure,
S'il m'eſt impoſſible de viure,
Sans voir ce qui me fait mourir?

I

GAVOTTE.

IE n'ay point d'amour pour Philis,
Encor moins pour la belle Iris;
Ie n'en eus iamais pour Cloris,
Indigne que ie l'aime:
Philis a trop de vanité,
La belle Iris de cruauté,
Et Cloris trop peu de beauté,
Pour mon amour extréme.

Califte n'eut iamais mon cœur,
Pour Cypris ie n'ay point d'ardeur,
Pour Lyfe beaucoup de froideur
Ie porte dans mon ame:
Califte aime trop à changer,
Cypris fe plaift à fe vanger,
Et Lyfe ne fe veut ranger
Sous l'amoureufe flame.

Enfin de toutes ces Beautez
Ie n'ay point les fens enchantez;
Ie n'aime que les qualitez
D'vne ame bien tranquille:
Amarille aime conftamment;
Bien qu'elle caufe mon tourment,
Il faut l'aimer vniquement,
Et n'aimer qu'Amarille.

K v

I

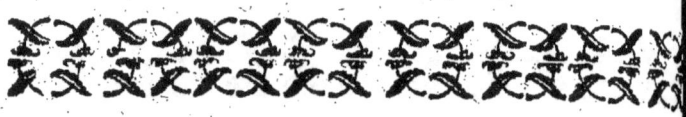

AIR
DE Mr LAMBERT.

IE souffre auprés de vous, ie languis, ie soûpire,
Et vous ne daignez pas d'vn mot me consoler:
Est-ce que vous sçauez ce que ie n'ose dire?
Et craignez en parlant, de me faire parler?

Ie vous dirois les maux qui tourmentent ma vie,
Et de quel feu pour vous mon cœur se sent brûler:
Mais vous sçauez déja quelle est ma maladie,
Et craignez en parlant, de me faire parler.

M. DALIBRAY.

I

AIR DE BALLET
DE Mr BATISTE.

I'Ay fait ferment, cruelle,
De fuiure vne autre Loy;
Mais pour vous eſtre infidelle,
Mon cœur dépend trop peu de moy:
 Ah! qu'en aimant,
  Vn ferment
  Aiſément
  Nous engage
 A plus qu'on ne peut!
Quoy que l'on mette en vſage,
L'on n'eſt pas toûjours volage,
 Quand on le veut.

     M. QVINAVLT.

I

AIR
DE Mr BOESSET LE PERE

IE fers de l'œil & du penfer
La feule Deïté parmy nous adorable,
Et la crainte de l'offenfer,
Accroift ma paffion, & la rend plus coupable.
O que les Amans
Souffrent de tourmens,
Quand le refpeƈt & la crainte
Leur defend la plainte!

Ie croy parmy ces dures Loix,
Mes foûpirs innocens du crime qui la touche:
Ils font prifonniers toutefois,
Et pour leur liberté, ie n'ofe ouurir la bouche.
O que les Amans
Souffrent de tourmens,
Quand le refpeƈt & la crainte
Leur defend la plainte!

I

AIR
DE Mr BOESSET.

IMportune Raison,
Il n'est plus de saison
D'accourir à mon aide:
Laisse agir sur mon cœur
Ma douleur;
Mon amour est si fort,
Qu'il faut que tout luy cede:
Et que peut ton effort
Aux douleurs où la mort
Est l'vnique remede?

SARABANDE
DE Mr DE CHAMBONNIERE

Iris, tout me choque & m'offence,
Ie fais mille vœux infenfez;
Ie ne fçay pas ce que vous en penfez,
Mais ie fçay bien ce que i'en penfe.

Iris, voftre conduite eft bonne,
Vos feux ne font point condamnez;
De rendez-vous, iamais vous n'en donnez,
Mais ie fçay bien qui vous en donne.

I

AIR
DE Mr LE CAMVS.

IERE

IE ne suis point si temeraire,
Que d'oser conceuoir l'esperance de plaire
A l'adorable objet dont mon cœur est charmé:
Mais pour le moins, Amour, dis-luy quelle est ma
      peine,
Et qu'il n'est que trop vray que ma mort est certaine,
S'il arriue iamais qu'vn autre en soit aimé.

onnez,

I

AIR
DE Mr LAMBERT.

INgrate & cruelle Siluie,
Ie m'en vay contenter l'enuie
Qui te porte à me voir périr:
C'en est fait, ie n'ay plus de vie,
Qu'autant qu'il en faut pour mourir.

Au tombeau le Sort me conuie,
La clarté m'est déja rauie,
Et rien ne me peut secourir:
C'en est fait, ie n'ay plus de vie,
Qu'autant qu'il en faut pour mourir.

M. DE S. AMAND,

I

AIR

DE M: DE CHAMBONNIERE.

Ris, voſtre retour a finy mes malheurs,
Ie ſens en vous voyant, mille & mille douceurs,
Et n'ay point de moment qui ne ſoit agreable:
Helas! i'ay bien ſenty dans voſtre éloignement,
Partant d'ennuis diuers, de peine, & de tourment,
Que viure ſans vous voir, c'eſt viure miſerable.

I

AIR
DE Mr RICHARD.

IL n'est plus temps de faire resistance,
    Las! il en faut mourir;
Ma guerison n'est plus en ma puissance,
    Quand ie voudrois guerir:
Autre que vous ne luit plus dans mon ame,
    Ie fuis le changement,
    Et Philis seulement
    Nourrit ma flame.

On dit par tout que vous estes vn Ange,
    Vn miracle d'Amour;
Bref, il n'est bruit que de vostre loüange
    Maintenant à la Cour:
Autre que vous ne luit plus dans mon ame,
    Ie fuis le changement,
    Et Philis seulement
    Nourrit ma flame.

I

AIR
DE Mr LAMBERT.

J'Aimerois mieux souffrir la mort,
Que de faire le moindre effort
pour dégager mon cœur des chaisnes de Siluie;
toute ingrate qu'elle est, i'adore son pouuoir,
&quand ie ne ferois que l'aimer & la voir,
ie seray trop heureux le reste de ma vie.

Quand ie voudrois, pour me vanger,
Porter mon cœur à la changer,
au lieu de m'obeïr, il deuiendroit rebelle;
& bien qu'il ait perdu tout espoir d'estre aimé,
il est à la seruir si bien accoûtumé,
Qu'il consent d'expirer, plûtost qu'estre infidelle.

M. BOVCHARDEAV.

I

GAVOTTE
DE M. D. M.

IAmais ie n'ay dit encore,
Tant ie suis Amant discret,
Celle que mon cœur adore,
Car c'est vn trop grand secret;
Ie ne veux pas qu'elle-mesme
Sçache que ie l'aime.

Ie me sers de cent finesses,
Pour bien cacher mes amours;
I'entreprens d'autres Maistresses,
Ie fais cent mille détours;
Ie ne veux pas qu'elle-mesme
Sçache que ie l'aime.

I'ay mesme bien cette ruse
De faire ailleurs l'engagé,
Que le premier ie m'abuse,
Croyant mesme estre changé;
Si bien que souuent moy-mesme
Ne sçay si ie l'aime.

Mais longtemps ie ne demeure
Dans l'erreur d'estre inconstant;
Cela passe dans vne heure,
Ie me détrompe à l'instant;
Et toutefois elle-mesme
Ne sçait si ie l'aime.

De ce beau feu qui me touche,
Ie cheris tant la douceur,
Que i'ay peur que par ma bouche
Il ne sorte de mon cœur;
Ie ne veux pas qu'elle-mesme
Sçache que ie l'aime.

Et puis c'est vne moqueuse
Qui rit de tous les tourmens
Dont sa beauté dédaigneuse
Tyrannise ses Amans;
Ie ne veux pas qu'elle-mesme
Sçache que ie l'aime.

                          M. D. M.

I

GAVOTTE.

IE sçay bien que la Beauté
   Pour qui ie soûpire,
Est vne Diuinité
Où trop vainement i'aspire;
Mais ie ne puis la changer,
Il faut desormais se ranger
Aux Loix de son Empire.

Ce que pour ma guerison
   La raison m'inspire,
Est du tout hors de saison,
Mon mal deuient toûjours pire,
Non, ie ne puis la changer,
Il faut desormais se ranger
Aux Loix de son Empire.

Voyant naistre mes ennuis
   Des yeux que i'admire,
I'y resiste, ie les fuis,
Rien ne guerit mon martyre,
Non, ie ne puis la changer,
Il faut desormais se ranger
Aux Loix de son Empire,

Voulant dire mon tourment,
La peur m'en retire,
Ie ne puis également
Ny le taire, ny le dire,
Encore moins la changer;
Il faut desormais me ranger
Aux Loix de son Empire,

M. D. M.

I

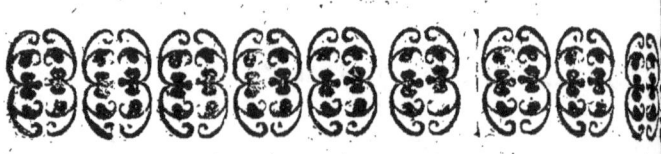

AIR
DE Mᶜ LAMBERT.

IE ne puis voir vos yeux, sans en craindre les char-
mes,
Philis, ils font aux miens trop répandre de larmes,
Et rendent interdits tous mes sens à la fois:
　　Mais helas! ma peine est toute autre,
　　Quand vous m'ostez l'vsage de la voix
　　Par les doux accens de la vostre.

B. D. B.

FIN,

SVITE

DE LA SECONDE PARTIE

DES PLVS

BEAVX VERS

MIS EN CHANT,

Dans laquelle font comprifes & meflées auec les Pieces anciennes, tout ce qui s'eft fait de Pieces nouuelles depuis le Tome intitulé Troifiéme Partie, &c. jufqu'à prefent.

L

Pou
Ce font
Hela
Et i
Qui
croy que

L.

AIR
DE Mr SICAR.

Languir, se plaindre, soûpirer,
Chercher les Bois, les Solitudes,
Pour nourrir ses inquiétudes,
Ce sont les maux qu'Amour fait endurer:
Helas! ie ressens ce martyre,
Et i'ay des sentimens pour vous,
Qui sont bien tendres & bien doux;
Ie croy que c'est Amour, mais ie ne l'ose dire.

L

AIR
DE Mr MARTIN.

Pour Mad. de S. M.

LA Guerre finit par la Paix,
Et chacun pretend deformais
Goufter tous les plaifirs d'vne charmante vie;
Mais celle que l'Amour, & l'aimable Delie,
Ont porté dans mon cœur, ne finira iamais.

Cette Belle, auec tant d'attraits,
Et l'Amour, auec tous fes traits,
Pour attaquer mon cœur, font trop d'intelligence;
Mais helas! quand il faut terminer ma fouffrance,
L'Inhumaine, & l'Amour, ne s'accordent iamais.

DE

L
Qui
uis qu'apre
Ie vo
e qui l'éloi

O
Au fo
Impo
ne fuis plu
Caufe
n'ay plus

Pui
Adieu
Adieu
ne vous di
Que l
que les plu

L

AIR
DE Mr MOVLINIE'.

L E Ciel pitoyable à mes vœux,
Me veut rendre le plus heureux
Qui soit sous l'amoureux Empire;
uis qu'apres tant de maux qu'il m'a fallu souffrir,
le voy l'objet de mon martyre,
t qui l'éloignement m'alloit faire mourir.

O Bois, de qui i'ay quelquefois,
Au son d'vne mourante voix,
Importuné le doux silence,
ne suis plus celuy qui souffroit des tourmens
Causez d'vne cruelle absence,
n'ay plus dans le cœur que des contentemens.

Puis que ie reuoy ces Beautez,
Adieu Deserts inhabitez,
Adieu Forests, sombres demeures,
ne vous diray plus, en contant mes ennuis,
Que les momens me sont des heures,
que les plus beaux jours ne me sont que des nuits.

L

AIR
DE Mr BOESSET LE PERE

LOrs que ie suis auprés de vous,
Pour qui iour & nuit ie soûpire,
Affez souuent ie me résous
De vous declarer mon martyre;
Mais en vain, car à chaque fois
Le respect m'empesche la voix.

AIR
B.

L'Ennuy sur mon visage peint,
Les funestes langueurs d'vne cruelle absence,
Et la douleur dont mon cœur est atteint,
Exerce ses rigueurs auecque violence:
Arbres, Rochers, mon vnique secours,
Helas! quand finiront mes plaintes, ou mes iours!

M. L. M. D.

L

AIR
DE Mr LE FEVRE.

LEs belles fleurs qui naiſſent dans la Plaine,
Ouurent le ſein aux Zephirs amoureux;
Helas ! & l'ingrate Climene
Ferme l'oreille aux cris d'vn malheureux.

M. PERRIN.

AIR
DE Mr BOESSET.

LEs petits Moutons paiſſent l'herbette,
Pour moy ie me repais d'amour;
Les petits, &c.
   Sans le plaiſir d'amourette,
   Ie ne ſçaurois viure vn jour;
Les petits, &c.

M. PERRIN.

L iiij

AIR
DE Mr PERDIGAL.

Languir, se consumer pour vn objet aimable,
    C'est vn mal agreable,
  Et tous les ennuis des Amans
  Ne sont que des contentemens;
  Mais la veritable souffrance,
Pour vn cœur amoureux, c'est le mal de l'absence.

Helas! que de langueurs, de soupçons, & de craintes,
    De soûpirs, & de plaintes,
  Cause vn funeste éloignement!
  Des plaisirs l'on fait vn tourment,
  Et l'absence de ce qu'on aime,
Pour vn cœur amoureux, est vn malheur extréme.

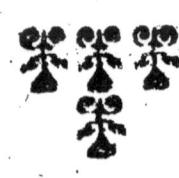

L.

AIR

B. D. B.

AL.

aimable,

La jeune Amarillis n'est iamais animée,
Et la Cour est toute alarmée
e voir languir ainsi tant de diuins appas;
Ce n'est pas faute d'estre aimée,
Mais c'est faute de n'aimer pas.

l'absence,

de crainte

AIR.

r,

r extréme.

LOrs que l'Amour, ce beau vainqueur,
Se rend le maistre de nostre Ame,
Est-ce vn bonheur, est-ce vn malheur,
Demandoit vn jour vne Dame?
le luy dis, souffrez que l'Amour
Vous touche vn jour,
Et vous verrez, belle Siluie,
Que c'est le seul bien de la vie.

M. DV BVISSON.

L v

L

AIR

[DE Mr DE MOLLIER.

LE Printemps est de retour,
Les Zephirs caressent Flore,
Et les Oyseaux dés l'Aurore
Dans nos Bois se font la Cour;
Et moy ie vais quitter la Beauté que i'adore,
Et languir quand tout fait l'amour.

M. L'A

L

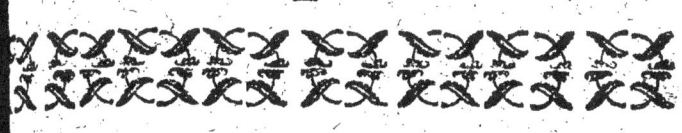

SARABANDE

B.

LE dépit veut rompre ma chaîne,
Voyant que rien ne vous fléchit;
Mais aimant jusqu'à vostre haine,
Que puis-je attendre du dépit?

Rien ne peut vous toucher, cruelle,
Vostre cœur est sourd à mes vœux:
Quoy? faut-il qu'vn feu si fidelle
Ait vn destin si malheureux?

Ce n'est pas que mon cœur prétende
A quelque traitement plus doux;
J'auray tout ce que ie demande,
Souffrez que ie souffre pour vous.

L v

L

SARABANDE.

LA peine extréme
Qu'on fent quand on aime,
M'ofte l'enuie
D'aimer de ma vie
Ma Siluie.
Pour récompenfe
D'vn an de fouffrance,
On a la haine
De cette Inhumaine.
Puis que ma flame
La rend fi cruelle,
Ceffons, mon Ame,
De brûler pour elle.
La peine, &c.

L

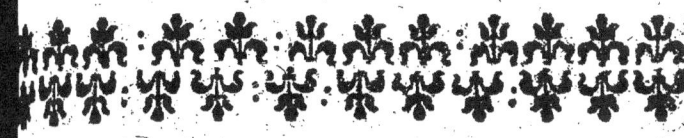

AIR
DE Mr BOESSET.

LAiſſez-moy, laiſſez-moy mourir,
C'eſt vainement me ſecourir:
Loin de moy fuyez, Raiſon importune,
Vos conſeils me ſeruiroient bien
Dans vne auanture commune,
Mais icy vous ne pouuez rien.

Ce Tyran, ce cruel deuoir,
M'apprend bien quel eſt ſon pouuoir,
M'éloignant des beaux yeux de ma Siluie
Mais plutoſt que d'y conſentir,
l'aime bien mieux perdre la vie,
Pour n'auoir point de repentir.

L

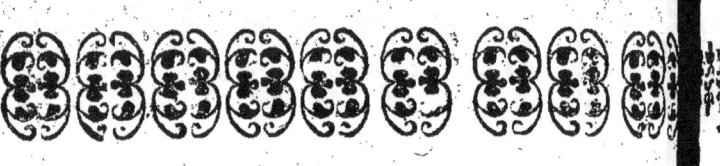

AIR.

LA Beauté qui tient ma franchise,
A des charmes si doux, & des traits si puissans,
Qu'encore qu'elle me méprise,
Et que ses yeux vainqueurs soient plus doux qu'in-
Ie chéris si fort son Empire,   (nocens
Que malgré ma raison,
Ie benis la prison
Qui cause mon martyre.

* * *

Il est vray qu'elle est insensible,
Et ne croy pas flechir son extréme rigueur;
Il est vray qu'il est impossible
De souffrir en ses fers, sans mourir en langueur:
Mais ie veux chérir son Empire,
Et malgré ma raison,
Adorer la prison
Qui cause mon martyre.

L

AIR
B. D. B.

Lors que l'Amour mit dans vos yeux,
Philis, cette brillante flamé,
Il pouuoit faire encore mieux,
S'il l'eust mise dedans vostre Ame.

AIR
DE Mr PERDIGAL.

Es Rochers, les Echos, les Ruisseaux, & les Bois,
Me disent chaque jour, lors qu'ils m'entendent
plaindre,
Vous plaindrez-vous, Tirsis, pour la derniere fois?
C'est trop vous écouter, & c'est trop nous côtraindre,
Nous auons tant redit vos chagrins, vos trauaux,
Tant de fois plaint vostre martyre:
Ah! quand finirez-vous le recit de vos maux?
Belle Iris, que leur dois-je dire?

L

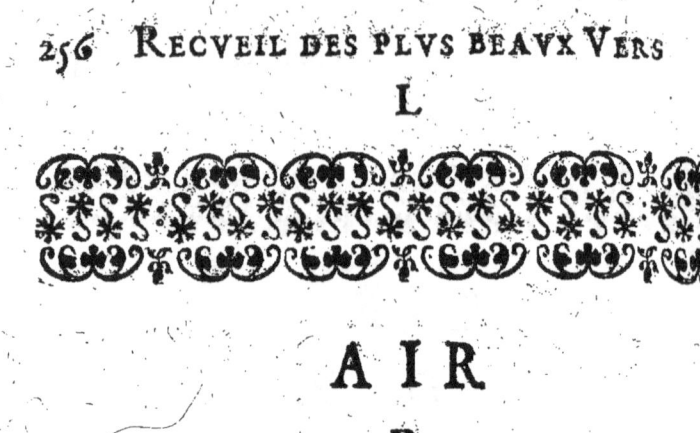

AIR

B.

L'Infenfible Philis s'obftine chaque jour
    Dans fa cruelle indifference;
I'ay beau la careffer, & luy faire la Cour,
    Elle fe rit de ma conftance.
Nous fignalons tous deux noftre perfeuerance,
Elle par fes mépris, & moy par mon amour.

M. L'A. L.

L

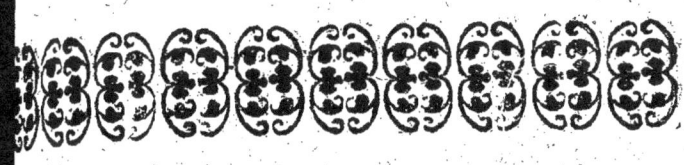

GAVOTTE

DE Mr D. M.

LA Nymphe qui tient mon Ame,
N'est plus contraire à mes vœux,
Elle brûle de ma flame,
Et veut tout ce que ie veux:
Celle qui fut ma Maîtresse,
Est soûmise à mon pouuoir;
Ie veux que l'on me caresse,
C'est le moyen de m'auoir.

Elle a bien sçeu, la rusée,
Comme il falloit m'attraper,
Ma chaisne estoit toute vsée,
I'allois bientost m'échaper:
Maintenant impatiente,
Elle languit sans me voir;
Ie veux ainsi, mon Amante,
C'est le moyen de m'auoir.

Si quelque Amant l'importune,
Ie n'en deuiens point jaloux;
Rire de son infortune,
Sont mes plaisirs les plus doux:
Car quand ie la tiens seulette,
Elle me fait tout sçauoir;
Ie veux qu'ainsi l'on me traite,
C'est le moyen de m'auoir.

Elle entend à se défaire
Pour moy de mille ennuyeux,
Et quitteroit pour me plaire,
L'entretien mesme des Dieux:
Puis cent plaisirs à mon aise
Elle me fait receuoir;
Ie veux ainsi qu'on me plaise,
C'est le moyen de m'auoir.

Elle me rit, ie la baise,
Par fois me va refusant;
Ie me plains, elle m'appaise
Aussi-tost en me baisant:
Ce qu'on n'a par courtoisie,
Elle l'estime vn deuoir;
Elle sçait ma fantaisie,
C'est le moyen de m'auoir.

M. D.

L

AIR
DE Mr D'ALISSAN.

Ors que mon cœur se donna pour le vostre,
Ie crûs, Philis, que ie n'y perdrois rien;
Mais maintenant ie connois bien
Que vous auiez déja traité d'vn autre
Que vous aimez vn peu mieux que le mien.

AIR
DE Mr DAMBRVIS.

LE Printemps noüeau
N'a rien de si beau
Que la jeune Amarante;
Et l'herbe naissante
N'a rien de si gay
Dans le mois de May,
Que la jeune Amarante.

D

L

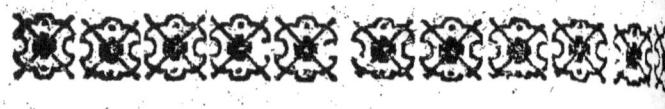

AIR

DE Mr MARTIN.

Laiſſez-moy mourir en repos,
Vous m'auez fait aſſez de maur,
Dans le cours de ma triſte vie.
Ah! que cherchent icy vos yeux,
Venez-vous, cruelle Siluie,
Voir expirer vn Malheureux?

Voſtre cœur n'eſt pas ſatisfait
Du cruel tourment qu'il m'a fait,
Ny de la longueur de ma peine:
Apres m'auoir veu tant ſouffrir,
Vous venez encore, Inhumaine,
M'affliger & me voir mourir.

L.

GAVOTTE
DE Mr DE CHANCY.

LA Beauté qui tient mon ame,
Me tourmente nuit & jour :
Plus ie luy dis mon amour,
Moins elle appaise ma flame ;
Mais l'Amour la punira,
Ou bien elle m'aimera.

Elle joint l'ingratitude
Auecque la vanité,
Et traite ma liberté
D'vne longue seruitude ;
Mais l'Amour, &c.

Quand ie luy dis mon martyre,
Les yeux tous baignez de pleurs,
Elle paye mes douleurs,
Auec des éclats de rire ;
Mais l'Amour, &c.

Tous les vœux & les seruices
Que ie rends à sa Beauté,
Augmentent sa cruauté,
Pour augmenter mes suplices ;
Mais l'Amour, &c.

L

AIR
DE Mr DV CH.

L'Espoir du retour de Climene,
D'vne douceur secrete a charmé ma langueur;
Peut-estre que l'amour a flechy sa rigueur ;
Mais ie me flate en vain, elle est trop inhumaine.

Helas ! mille fois cette Belle
M'a veu dans mon tourment sur le poinct d'expire
Et i'auois crû qu'vn jour ie pourrois esperer,
Mais i'esperois en vain, Climene est trop cruelle.

M. DV CH

L

SARABANDE

B. D. B.

Lors que ie voy vos traits charmans,
Que vostre voix se fait entendre,
Ie croy vostre ame douce & tendre;
Mais quand ie pense à mes tourmens,
Que ie languis & ie soûpire,
Ie suis forcé de m'en dédire.

Belle Iris, quand viendra le jour,
Que d'vne douceur veritable,
Vous pourriez m'estre secourable?
Vous le deuez à mon amour.
Ah! seriez-vous toûjours cruelle,
A qui vous fut toûjours fidelle?

L

AIR
DE Mr DE LVLLY.

Le Printemps
Ramene la verdure,
Le Printemps
Ramene le beau temps ;
Mais sa douceur qui change la Nature,
Ne peut changer les peines que ie sens.

Dans mon cœur
I'aime toûjours Climene,
Dans mon cœur
Elle regne en vainqueur ;
Mais le Printemps ne peut changer ma peine,
Qu'il n'ait changé son extréme rigueur.

M.

Tome

L

AIR

B. D. B.

LOin de vos yeux ie soûpire,
Pres d'eux ie suis interdit:
Voila tout ce que i'en puis dire,
Et peut-estre en ay-je trop dit.

A languir sous leur Empire,
Ie ne trouue aucun profit:
Souffrez donc que ie me retire,
Mais peut-estre en ay-je trop dit.

M

L

AIR
DE Mᶜ DE SABLIERE.

Le Printemps
Ramene le temps
Des Ieux, des Ris, & des Passe-temps:
Dans ce joly Bocage
Déja le Pinçon ramage,
Déja tout reuerdit,
Tout rit,
Tout boutonne, & tout fleurit.
Le Printemps. &c.

Guillot, prens ta Musette,
Disons vne Chansonnette,
Dansons, rions, chantons,
Sautons
Comme de petits Moutons,
Le Printemps. &c.

Allons, belle Nanette,
Allons rouler sur l'herbette,
Allons dans ces Valons
Allons
Ecouter les Oisillons.
Le Printemps, &c.

M. PERRIN.

L

COVPLETS

Sur nos fâcheux Maris. &c.

LEs presens que font nos Cœurs,
Sont des soûpirs, & des pleurs:
A quoy nous sert l'auantage
Que nous donne le printemps
De nos ans,
N'osant faire bon visage
A nos Amans?

Lors que vos attraits vainqueurs
Vous auront acquis des Cœurs,
En cessant d'estre cruelle;
C'est vn secret important,
En aimant,
De préferer le Fidelle
A l'Inconstant.

L

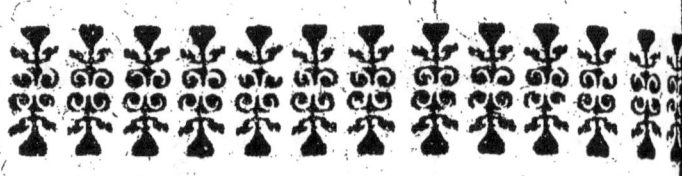

AIR
DE M^r DE MOLLIER.

Pour Mademoiselle de S....

LE Printemps va reuenir,
Et nous verrons bientost la diuine Amarante;
Tous nos maux s'en vont finir,
Et nos chãps vont quitter leur froideur languissant
Paroissez, jeunes Fleurs; Ruisseaux, coulez plus dou
Belle verdure, montrez-vous;
Et vous, petits Oiseaux, que le Printemps rassembl
Venez recommencer vos chants, & vos amours,
Nous allons reuoir ensemble
Amarante, & les beaux jours.

M. L'A.T.

L.

AIR
DE Mᵣ DAMBRVIS.

LE beau temps
Quitte les champs,
Les Oiseaux,
Les Rameaux,
Les Feüillages,
Les Bocages,
Les Bergeres,
Les Fougeres,
L'Hyuer est de retour :
reuenez, belle Iris, reuenez à la Ville,
Des Amans plus de mille
Soûpirent chaque jour,
Pour vous y voir, & vous parler d'amour.

M iij

M

AIR.

MEs yeux, il eſt temps de pleurer,
Et vous, mon cœur, de ſoûpirer,
Le Ciel me prepare vne abſence.
Quand vous ſerez hors de ces lieux,
Cloris, auray-je la puiſſance
De viure abſent de vos beaux yeux?

Ie me veux plaindre à cette fois,
Ie veux des Antres & des Bois,
Par mes cris, troubler le ſilence,
Quand vous ſerez hors de ces lieux,
Cloris, auray-je la puiſſance
De viure abſent de vos beaux yeux?

M

AIR.

urer,
pirer;
.
ux,

ux?

MOn mal eſt grand, ma douleur eſt extréme,
Ie ne dors point la nuit, ie réſve tout le jour:
    Ie ne ſçay pas encor ſi i'aime,
    Mais cela reſſemble à l'Amour.

Vn meſme objet occupe ma penſée,
Nul des autres objets ne m'en peut diuertir;
    Si c'eſt auoir l'Ame bleſſée,
    Ie ſens tout ce qu'il faut ſentir.

s,

eux,

ux?

Voyant Tirſis, mon Ame eſt ſatisfaite,
Et ne le voyant pas, la peine eſt dans mon cœur:
    I'ignore encore ma défaite,
    Mais ie ſçay quel eſt mon vainqueur.

Mad. DE SC.

M iiij

M

AIR
DE Mr BOESSET.

Mille Amans m'ont rendu les armes,
Et l'on dit que i'ay des appas;
Mais vn Berger n'en manque pas.
O Dieux! que sa voix a de charmes!
S'il auoit pour moy de l'amour,
Ie pourrois bien l'aimer vn jour.

AIR.

MEs yeux se sont laissez surprendre;
Mon cœur, ils vous font soûpirer:
Vous auez bien dequoy leur rendre,
Vous les ferez bientost pleurer.

M

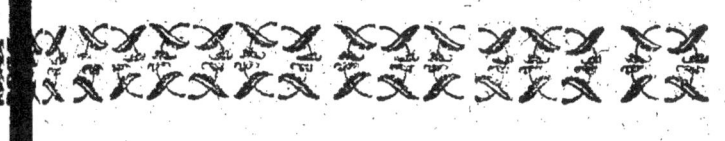

AIR
DE Mr LE CAMVS.

Mortels, éloignez-vous des rigueurs de Siluie,
Les charmes de sa voix causent mille trépas:
Fuyez, fuyez, pour sauuer vostre vie,
Car ses coups plus mortels sont ceux qu'on ne voit pas.

GAVOTTE
DE Mlle DES VAVX.

Mon cœur ne s'en peut defendre,
Vos yeux ont trop de pouuoir:
Ie suis tout prest de me rendre,
Mais ne m'ostez pas l'espoir.
Helas! si i'ay bien du tendre,
N'en deuez-vous pas auoir?

M v

M

AIR
DE Mr BOESSET LE PERE

Pour le Roy.

MOnarque triomphant,
Qui l'orgueil des mutins pour iamais étouffant,
Rendez toutes choses si calmes;
Apres vos Lauriers & vos Palmes,
Arbitre des Mortels,
Vous aurez des Autels.

Accordez tous les Roys,
Et rangez à ce coup l'Vniuers sous vos Loix,
Viuez sur la Terre, & sur l'Onde,
Le plus absolu Roy du Monde:
Arbitre des Mortels,
Vous aurez des Autels.

Mais qui n'admire pas
Les Vertus qui par tout accompagnent vos pas,
Et dont l'éclat vous enuironne?
C'est trop peu que d'vne Couronne;
Arbitre des Mortels,
Vous aurez des Autels.

D

MEs sou
Qu
Que me ser
ils vous o
Helas! si vo
Que

D

M

Mai
Me
Ne l
Mais

M

AIR
DE Mr BLONDEL.

MEs foupirs vous ont dit plus de cent fois le jour
Que ie mourois pour vous d'amour.
Que me fert, belle Iris, de parler dauantage?
S'ils vous ont dit mon mal, pouuez-vous l'ignorer?
Helas! fi vous vouliez vn moment foupirer,
Que i'entendrois bien ce langage!

M. DE CORNEILLE.

AIR
DE Mr BOESSET.

MOn cœur, il faut partir d'icy,
Puis que le Ciel le veut ainfy:
Mais fi l'adorable Siluie
Me dit adieu jufqu'au retour,
Ne luy répons pas de ma vie,
Mais répons-luy de mon amour.

M vj

N

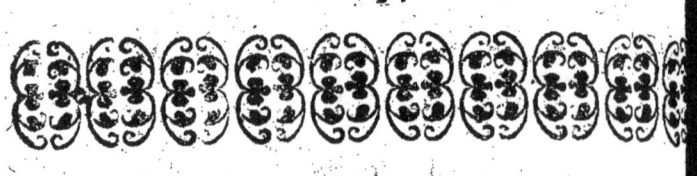

AIR
DE Mr BOESSET LE PERE.

NE vante point, flambeau des Cieux,
Tant de fleurs sur la terre éclofes;
Soleil, ne crois plus que nos yeux
Admirent la beauté des Rofes,
Elles n'égalent point les Rofes & les Lys
Du beau teint de Philis.

Au milieu des plus beaux appas
Mon Ame languit en attente;
Par tout où se portent mes pas,
Ie ne voy rien qui me contente,
Lors que ie ne voy point les Rofes & les Lys
Du beau teint de Philis.

Toy, petit Dieu, qui reconnois
Que mon Ame n'est point commune,
Puis que tout fléchit sous tes Loix,
Flechis la mauuaise fortune
Qui m'empefche de voir les Rofes & les Lys
Du beau teint de Philis.

N

GAVOTTE.

NE croyez pas tenir toûjours
Ma fidelle amour à la gesne;
Le dépit vient à mon secours,
Qui brisera bientost ma chaisne.

Ie voudrois bien vous adorer,
Vous qui paroissez adorable;
Mais faut-il toûjours endurer
Vne rigueur inéxorable?

Iamais l'ardeur de mes soûpirs
Ne peut échauffer vne glace;
Et ie vois bien que mes desirs
Vont attirer vostre disgrace.

Ces fers pesans m'ont trop chargé,
Mon cœur l'a bien sçeu reconnaistre;
Vn Valet demande congé,
Quand il ne peut plaire à son Maistre.

N

AIR
DE Mʳ LAMBERT.

Non, vous ne m'aimez pas, Climene,
Et ie ne cesse point d'adorer vos appas:
  Helas! belle Inhumaine,
Helas! si vous m'aimiez, que ne ferois-je pas?

  Ie sens vne langueur mortelle,
Et rien ne peut que vous, changer mon triste sort:
  Helas! Beauté que i'aime,
Helas! vn peu d'amour, est-ce vn si grand effort?

M. QVINAVLT

N

AIR DES TROMPETTES.

Pour vn *Feu de Ioye fur la Conualefence du Roy.*

NVit celebre, dont les voiles
Cachent tant de doux entretiens,
A quoy feruent tes Etoiles?
D'autres feux effacent les tiens.
Pour quelques momens, Nuit, fois plus fombre,
Et fouffre l'éclat d'vn nouueau jour;
A l'Honneur enfin prefte ton ombre,
Comme tu fais à l'Amour.

Ce Monarque magnanime,
Se fauuant, vient de nous fauuer,
Et met les Dieux hors du crime,
D'auoir voulu nous l'enleuer.
Pour quelques momens, Nuit, fois plus fombre,
Et fouffre l'éclat d'vn nouueau jour;
A l'Honneur enfin prefte ton ombre,
Comme tu fais à l'Amour.

N

AIR
DE Mᵉ LE CAMVS.

NOn, il n'eſt pas en mon pouuoir
De languir plus longtemps loin de voſtre preſence:
Belle Amarante, helas! qu'vn moment ſans vous voir
Eſt vne longue abſence!

Helas! ſi vous pouuiez ſçauoir
Tout ce que ie reſſens, & tout ce que ie penſe,
Cruelle, vous ſçauriez, qu'vn moment ſans vous voir
Eſt vne longue abſence.

N

AIR
DE Mr BOESSET LE PERE.

N'Accusez point l'Amour, injuste Calomnie;
S'il a quelque pouuoir, il est sans tyrannie:
Chacun en voit la preuue en mon contentement.
L'Empire de Cleante est doux & legitime;
    Comme mon amour est sans crime,
    Aussi mon cœur est sans tourment.

Ie n'ay plus de besoin, pour alleguer mes peines,
De me plaindre aux Rochers, de parler aux Fôtaines,
Graces aux Immortels, i'aime tranquilement.
L'Empire de Cleante est doux & legitime;
    Comme mon amour est sans crime,
    Aussi mon cœur est sans tourment.

Ie prens congé de vous, amoureux artifices;
Sortez de mon esprit, regrets de mes seruices,
Sentimens de rigueur, soupçons de changement.
L'Empire de Cleante est doux & legitime;
    Comme mon amour est sans crime,
    Aussi mon cœur est sans tourment.

N

GAVOTTE

B.

NE vois-tu pas, aimable Iris,
Nos Champs vers, nos Prez fleuris?
Tu vois que tout rit à nos yeux
De la Saison nouuelle;
Moy seul ie pleure en ces Lieux,
De te voir si cruelle.

Escoute cent petits Oyseaux
Gazoüillant sur ses Rameaux:
Pendant qu'ils chantent le retour
De la Saison nouuelle,
Seul ie pleure nuit & jour,
De te voir si cruelle.

Considere tous nos Agneaux
Bondissant sur ces Costeaux:
Pendant que tout rit à nos yeux
De la Saison nouuelle,
Seul ie me plains en ces Lieux,
De ton humeur cruelle.

B.

N

AIR.

NE vous étonnez pas, si ma peine est extréme,
Quand vous me demandez comme quoy ie vous
    aime:
ie ne puis répondre à des termes si doux,
est que ie n'aime rien, Aminte, comme vous.

Heuris?

AIR.

NE craignez point, Beauté, qui sçauez tout char-
    D'entendre le mal qui me touche: (mer,
    Ie n'auray point ouuert la bouche,
Que le trépas ne la vienne fermer;
    Et ie ne sçay si dans mon mal extréme,
e pourray seulement prononcer, ie vous aime.

B.

N

AIR.

N'Esperez plus, mes yeux,
De reuoir en ces Lieux
La Beauté que i'adore;
Le Ciel jaloux de mon bonheur,
A rauy ma naiſſante Aurore,
Par ſa rigueur.

AIR

DE Mr DE MOLLIER.

NOs Bois reprennent leur verdure,
Le Roſſignol eſt de retour.
Tout eſt changé dans la Nature,
Iris meſme a pris de l'amour:
Son amour vient de naiſtre auec les fleurs nouuelle
Mais ie crains bien, helas! qu'il ne meure auec elle

M. L'A.T.

G

NE
P
Ie m'a
Vous
Car ie
N'eſt
Pour
C'eſt

Voſt
Ie ne
Que
Pour
Vn ch
Beauc
Penſe
Que

Vou
Et ie
Pour
Ny p
Conſ
Sans
Vous
Il vo

N

GAVOTTE.

NE voulez-vous pas, Siluie,
Penser à voftre retour?
Ie m'attens que cette enuie
Vous prenne de jour en jour;
Car ie fçay bien que la Grille
N'eft pas fort voftre élement;
Pour vne charmante Fille,
C'eft vn fejour peu charmant.

Voftre faute eft fans feconde,
Ie ne puis la pardonner.
Que vous a donc fait le Monde,
Pour vouloir l'abandonner?
Vn chacun vous y réuere,
Beaucoup y font plus pour vous;
Penfez-y bien, & i'efpere
Que vous penferez à nous.

Vous n'auez pas efté faite,
Et ie vous l'ay dit fouuent,
Pour eftre vne Sœur collette,
Ny pour eftre en vn Conuent:
Confultez bien voftre Etoile,
Sans aucun déguifement,
Vous verrez qu'au lieu d'vn Voile,
Il vous faut vn Sacrement.

Songez bien que la colere,
Songez bien que le dépit
Assez souuent nous font faire
Ce que le cœur contredit:
C'est ainsi qu'on s'embarasse,
Pour le reste de ses jours;
Car si la colere passe,
Le dépit dure toûjours.

M. M.

AIR.

NE vousdefendez point d'estre l'objetque i'aim
Puisque chacun vous dit que ie n'aime quevou
Oüy, belle Iris, mon amour est extréme;
Quand on a veu des yeux si brillans & si doux,
Est-il vn cœur qui resiste à vos coups?
Ah! ie m'en rapporte à vous-mesme.

N

GAVOTTE.

NOs Bergers font contens
De reuoir le Printemps,
Ils ont l'Ame rauie;
　　Mais ce bien
　　Ne m'eft rien,
Eloigné de Siluie.

Leurs Flutes, leurs Haut-bois,
Réfonnent dans ces Bois,
Et chacun fe contente;
　　Mais ce bien
　　Ne m'eft rien,
Abfent de mon Amante.

Auec eux, les Oyfeaux
Difent leurs chants nouueaux,
Sans foin, & fans enuie;
　　Mais ce bien
　　Ne m'eft rien,
Eloigné de Siluie.

On entend les Chanfons
Des Serins, des Pinçons,
Auffi de Philomelle;
　　Mais ce bien
　　Ne ne m'eft rien,
Eloigné de ma Belle.

Cher objet de mes yeux,
Reuiens en ces bas Lieux
Me redonner la vie;
Car ce bien
Ne m'eſt rien,
Eloigné de Siluie.

AIR
DE Mr DE SABLIERE.

Nos jolis Moutons
Font mille ſauts deſſus l'herbette;
Nos jolis Moutons
Paiſſent les fleurs, & les tendres boutons:
L'amoureux Tirſis,
Et ſa Nanette,
Sur l'herbe aſſis,
Diſoient tour à tour
Sur la Muſette,
Cette Chanſonnette,
Nos jolis Moutons, &c.

M. PERRIN

Tome

O

GAVOTTE.

OVy, Philis, ta maladie
Fut fatale à mon amour;
Il mourut à mesme jour
Que ta beauté fut ternie;
Philis, ta seule beauté
Captiuoit ma liberté.

Tu m'accuses d'inconstance,
Et ie croy que c'est à tort;
L'objet que i'aimois est mort,
Mes yeux en ont connoissance:
Philis, ta seule beauté
Captiuoit ma liberté.

Mon cœur aimoit vne Belle;
Maintenant qu'elle n'est plus,
L'amour seroit superflus,
S'il brûloit encor pour elle:
Philis, ta seule beauté
Captiuoit ma liberté.

Tome II.

N

O

AIR
DE Mr DE CAMBEFORT

Pour le Roy.

OQue ta grace & ta rare beauté
S'accordent bien auec la majesté
Que ton front enuironne!
Roy le plus grand, & le plus beau des Roys,
Tu peux regner, tu peux donner des Loix,
Sans Sceptre, & sans Couronne.

Comme à tes armes ie voy les Nations
S'assujettir à tes perfections,
Dont la grandeur étonne:
Roy le plus grand, & le plus beau des Roys,
Tu peux regner, tu peux donner des Loix,
Sans Sceptre, & sans Couronne.

O

AIR
DE Mr CAMBERT.

On m'auoit dit, Philis, qu'en ne vous voyant plus,
Mon cœur brûleroit moins de l'ardeur qui l'en-
flame :
J'éprouue, à mes despens, le contraire en mon ame ;
Ie brûle de desirs, mais ils sont superflus.

COVRANTE.

ON voit bien à ses yeux
Qu'elle est du sang des Dieux ;
Rien ne resiste à ses puissans attraits ;
Les Ieux, les Ris, ne la quittent iamais,
Ils sont toûjours à sa Cour ;
On la prendroit pour la Mere d'Amour ;
Mais vne Mere est plus douce à son Fils,
Et pour l'Amour elle a trop de mépris.

N ij

GAVOTTE

B.

Oppose contre la fierté
De ton jeune caprice,
Qu'il n'est point enfin de Beauté
Que le temps n'enlaidisse:
Ne veux-tu pas songer
A choisir vn Berger?

On doit se laisser enflâmer,
Dés qu'on est agreable;
Et n'attendre pas, pour aimer,
De n'estre plus aimable:
Ne veux-tu pas songer
A choisir vn Berger?

En vain de suiure les Amours
Nous nous sentons auides,
Quand les ans nous ont par leur cours
Gasté le front de rides:
Ne veux-tu pas songer
A choisir vn Berger?

Tandi
L'or
Que t
Que
Ne
A ch

Ie cor
Si tu
Qui d
Fero
Cho
Pour

Tu le
Déd
Ie l'en
Ie te
Cho
Pour

Tandis que luit dans ſon plus beau
 L'or de ta blonde treſſe,
Que ta vieilleſſe eſt au tombeau,
 Que chacun te carreſſe,
 Ne veux-tu pas ſonger
 A choiſir vn Berger?

Ie connois vn jeune Paſteur,
 Si tu m'en voulois croire,
Qui de pouuoir gagner ton cœur,
 Feroit toute ſa gloire:
 Choiſis-le ſans ſonger,
 Pour eſtre ton Berger?

Tu le prendras, ſi tu me croy,
 Dédaigneuſe Siluie;
Ie l'entens vn peu mieux que toy,
 Ie te parle en Amie:
 Choiſis-le ſans ſonger,
 Pour eſtre ton Berger.

AIR
DE Mr BOESSET LE PERE

O Dieux! qui pourroit dire
L'excés de mon martyre,
Depuis qu'Amour vainqueur
Me fit voir Isabelle?
Helas! ie meurs pour elle,
Ou si ie vis, c'est en langueur.

Qui voit son beau visage,
Apprend bientost l'vsage
D'aimer vniquement;
Et qui ne voit ses charmes,
Apprend auecques larmes,
Qu'autre plaisir, n'est que tourment.

O

COVRANTE.

O Dieux! l'ay-je point offençée?
Ses sentimens,
Quoy que tres-innocens, sont-ils point trop galants?
Beauté fatale à mille Amans,
Souffrez la pensée
D'vne Ame insensée,
Qu'Amour a blessée
Par des yeux charmans.

Rien au Bal n'égale Climene,
Voyez-vous pas
Quelle grace par tout accompagne ses pas?
Voyez qu'Amour luy tend les bras:
Celuy qui la mene
Fait toute ma peine,
Quand il la promene
Auec tant d'appas.

O

AIR
DE Mᵉ DE MOLLIER.

On ne voit rien de si beau sous les Cieux,
Que vostre teint, vostre bouche, & vos yeux;
On ne voit rien, en vous, qui ne soit adorable:
Mais dequoy vous sert-il d'auoir des traits si doux,
 Et d'estre toute aimable,
Si vous ne voulez pas qu'on soûpire pour vous?

M. GALLAND.

AIR
DE Mᵉ DE CHAMBONNIERE

On vous a dit souuent que l'Amour est vn mal,
Et qu'il fait à nos cœurs des blessures mortelles
Mais helas! quelle erreur! c'est vn bien sans égal;
Croyez-moy, belle Iris, i'en sçay bien des nouuelles
M. DE BOVCICAVLT.

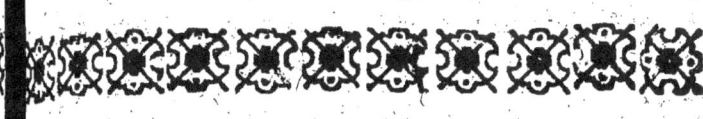

LA MARIANE.

ON ne voit rien paroiſtre à la Cour
Si charmant, & ſi digne d'amour,
Que Philis, cette jeune Beauté,
Qui déja tient noſtre liberté:
Soit pour danſer qu'elle ſe mette en place,
Iamais il ne s'eſt veu deſſous les Cieux
Plus d'enjoûment, plus d'eſprit, & de grace,
Ny rien d'égal au brillant de ſes yeux.

On ne voit rien briller parmy nous,
Dont l'éclat nous paroiſſe ſi doux,
Que les yeux de l'aimable . . . . .
Mais leurs traits trompent toute la Cour:
En régardant cette jeune Meruiille,
On croit en vain s'affranchir de ſes Loix;
Si l'œil s'en ſauue, on eſt pris par l'oreille,
Pour moy ie crains juſqu'au bout de ſes doigts.

N v

O

GAVOTTE.

OVy, vous valez bien la peine
Que l'on soûpire pour vous,
Et ie tiens, belle Inhumaine,
Ce tourment mesme assez doux:
Mais s'il faut perdre la vie,
Pour adorer vos appas:
Ie n'y pense pas, Siluie,
Non, non, ie n'y pense pas.

Vous faites de la rieuse,
Quand ie vous dis, belle Iris,
Que d'vne flame amoureuse
Enfin mon cœur est épris:
Mais vous auez tort de rire
Du mal que font vos appas,
Si vous sentiez mon martyre,
Iris, vous n'en ririez pas.

M. Mi

O

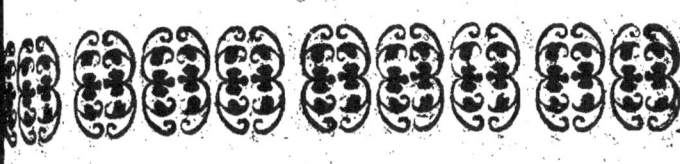

AIR
DE Mr RICHARD.

ORigoureux éloignement,
Qui portez au fein d'vn Amant
Et le defefpoir & la crainte,
Que ton coup eft precipité!
Et que d'vne cruelle atteinte
Tu bleffes ma felicité!

A' quoy me fert de foûpirer?
Beaux yeux, ie deuois expirer
Dés le moment de voftre abfence:
Si les maux qu'on ne peut guerir,
Forcent à quelque violence,
Soient moins à plaindre qu'à mourir.

N vj

P

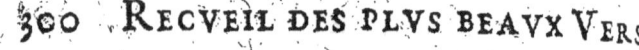

AIR
DE Mr BLONDEL.

POur plaire aux beaux yeux de Nanette,
  Tantoſt ie fais le radoucy,
  Et tantoſt l'Amoureux tranſy;
  Tantoſt ie conte vne ſornette,
  Tantoſt ie dis la Chanſonnette:
  Ah! que de peine & de ſoucy,
Pour plaire aux beaux yeux de Nanette!

P

AIR
DE Mr BOESSET LE PERE.

PVis qu'en cette absence cruelle,
Estant si proche du trépas,
Le Destin ne me permet pas
De me pouuoir plaindre à ma Belle;
Fleuues, Rochers, Plaines, & Bois,
Ecoutez mes soûpirs pour la dernière fois.

Mon malheur est si déplorable,
Tant d'ennuis me vont consumant,
Que iamais l'on ne vit Amant
Si fidelle, & si miserable;
Fleuues, Rochers, Plaines, & Bois,
Ecoutez mes soûpirs pour la dernière fois.

P

AIR
DE Mr BOESSET.

Plus ie vous voy, plus ie suis enflâmé,
Plus ie vous voy, plus ie vous aime:
Helas! de vous il n'en est pas de mesme,
Plus ie vous voy, Philis, helas! plus ie vous aime,
Plus ie vous aime, helas! & moins ie suis aimé.

M. PERRIN.

P

AIR
DE M.r RICHARD.

PHilis, tu penses me charmer,
Mais ie m'aime trop pour t'aimer,
Iamais Beauté
N'aura ma liberté:
Viure d'espoir, & mourir de desir,
Auoir cent maux pour vn petit plaisir,
Et brûler nuit & jour,
Sont les moindres tourmens d'Amour.

Apres qu'Amour nous a blessez,
Soudain il nous rend insensez,
Et son flambeau
Nous conduit au tombeau:
Suiure par tout l'Ingrate qui nous fuit,
Semer beaucoup, cueillir bien peu de fruit,
Et brûler nuit & jour,
Sont les moindres tourmens d'Amour.

Ie voy ces Amoureux tranſis
N'oſans raconter leurs ſoucis,
Viure ſans cœur,
Et mourir en langueur:
Eſtre jalous, n'auoir point de repos,
Eſtre penſifs, pleurer à tout propos,
Et brûler nuit & jour,
Sont les moindres tourmens d'Amour.

Pour moy, dans l'Empire amoureux,
Ie me ſuis veu ſi malheureux,
Que ie promets
De n'y rentrer iamais:
Croyant gagner vne jeune Beauté,
Perdre ſon temps, auec ſa liberté,
Et brûler nuit & jour,
Sont les moindres tourmens d'Amour.

P

GAVOTTE.

PHilis, i'ay l'humeur difcrette,
Et i'aime parfaitement:
Mais fi-toft qu'on eft Coquette,
En moy l'on n'a plus d'Amant;
ie veux plus aimer, ie hais trop le tourment.

Si l'on ceffoit d'eftre belle,
Quand on fait vn faux ferment,
Ha! que vous feriez fidelle,
Vous m'aimeriez conftamment;
ie veux plus aimer, ie hais trop le tourment.

Tout de bon, ie vous admire
Apres vn éloignement;
Voftre cœur fe veut dédire,
Comme s'il eftoit Normand;
ie veux plus aimer, ie hais trop le tourment.

P

AIR
DE Mr DE MOLLIER.

PEut-on voir vn Berger plus heureux que Syl-
uandre?
Iris, de qui l'on vante & la bouche & les yeux,
Iris qui fut toûjours l'ornement de ces Lieux,
Reconnoist son amour par vn amour plus tendre.
Peut-on voir vn Berger plus heureux que Syluand.

M. L'A. T.

P

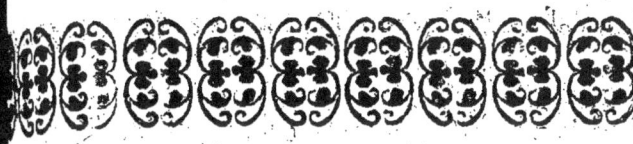

SARABANDE,

PHilis, ta cruauté nuit à tes charmes,
    Tu ſçais tout rauir,
    Mais pour te ſeruir,
  Il faut trop verſer de larmes:
Et bien que tes traits ſoient charmans,
    L'excés du tourment
    Qu'on ſouffre en t'aimant,
Malgré leur puiſſance, bannit tes Amans,

Nos cœurs ſe rangent tous ſous ton Empire,
    Mais pour s'y tenir,
    Tu les fais gemir
  Sous vn trop cruel martyre:
Et bien que tes traits ſoient charmans,
    L'excés du tourment
    Qu'on ſouffre en t'aimant,
Malgré leur puiſſance, bannit tes Amans.

P

AIR
DE Mr DAMBRVIS.

PEtite Bergere peu sage,
  Toy qui te plais tant à changer,
As-tu veu quelque Berger dedans nostre Village
Qui soit plus tendre que moy?
Cependant, petite volage,
Tu me manques de foy.

AIR
DE M.r LAMBERT.

PVis que les soupirs, ny les pleurs,
Ne découurent point mes douleurs,
Il est temps de faire mes plaintes;
Et sans perdre le respect, ny le jour,
Il faut bannir de mon Ame les craintes,
N'en pouuant pas bannir l'Amour.

Beauté dont l'aspect est si doux,
Plaignez ceux qui souffrent pour vous
Sous les Loix d'vn cruel Empire:
Et si mes maux ne touchent vostre cœur,
Le desespoir fera voir mon martyre,
Et mon trépas vostre rigueur.

P

AIR

Pour la Reyne de Pologne.

POlogne, il ne faut plus te plaindre du partag
Que la Nature a fait, ordonnant que tes jou
Fuſſent plus languiſſans, plus triſtes, & plus cour
Et que toûjours tes champs fuſſent battus d'orag
Vranie s'en va, cet Aſtre ſans pareil
Suppléra par ſes yeux l'abſence du Soleil.

P

SARABANDE.

PVis qu'il est vray qu'vne ingrate Bergere
Se rit des maux qu'elle me fait souffrir,
Et contre moy son humeur trop seuere
A mes desirs ne veut pas consentir:
De sa beauté ie ne suis plus épris,
Elle me traitte auec trop de mépris;
Car d'endurer sans espoir de guerir,
Si c'est aimer, c'est aimer à mourir.

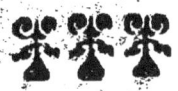

Celle pour qui i'ay tant versé de larmes,
Et qu'autrefois i'aimois si cherement,
Ne me fait voir que de bien foibles charmes
Que ie connois à peine seulement:
Tous ses attraits ne sont plus de saison,
Ie veux briser mes fers & ma prison;
Car d'endurer sans espoir de guerir,
Si c'est aimer, c'est aimer à mourir.

P

AIR
DE Mr DE MOLLIER

Philis, d'vn eternel malheur,
L'amour que i'ay pour vous doit-elle estre suiet
Vostre beauté m'ayant rauy le cœur,
Vostre rigueur en veut-elle à ma vie?

M. DE MAREV

P

GAVOTTE.

PHilis, que l'Amour est doux
Aupres de vous!
Ne craignez pas qu'vn Ialoux
Trouble nos delices,
Par ses artifices.

Vous accordez vos plaisirs
A nos desirs;
Et sans jetter des soûpirs,
Celuy qui vous aime,
Est aimé de mesme.

P

AIR

B.

Printemps, tu fais naiſtre des Fleurs,
Tu peins les Prez des plus belles couleurs;
Pere charmant de la Nature,
Ces ſoins ſont indignes de toy;
Laiſſe les fleurs, & la verdure,
Fais naiſtre de l'amour, c'eſt ton plus digne empl

M. LE M. D'ANGEAV

P

GAVOTTE.

PEnsons à viure contens,
Changez en feu voftre glace;
Ma Cloris, paffez le temps,
Auant que le temps vous paffe:
Califte n'a plus d'appas,
Ie ne la regarde pas.

Lors que cette Ingrate auoit
Voftre beauté fans feconde,
Tout le monde la fuiuoit,
Elle fuyoit tout le monde;
Et maintenant elle fuit
Tout le monde qui la fuit.

Vous qui pouuez tout charmer,
Deuiendrez defagreable;
Lors que vous voudrez aimer,
Vous ne ferez plus aimable:
Ma Cloris, penfez-y bien,
Le temps ne pardonne à rien.

P

AIR.

Portrait de la belle Amarante,
Belle & durable Illusion,
Qui pour flater ma passion,
M'offrez a tous momens cette Beauté charmante,
S'il faut que ie m'absente
D'vn objet si cher & si doux,
Helas! que ferois-ie sans vous?

P

AIR
DE Mr VINCENT.

PHilis, ie ne sçaurois guerir,
Ny pres, ny loin de vostre veuë,
Vostre absence me fait mourir,
Et vostre presence me tuë:
Dieux! quel est l'effet de vos diuins appas,
Qu'on meurt vous voyant, & ne vous voyant pas?

O

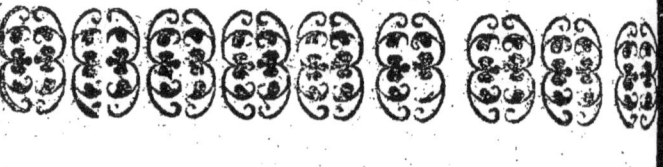

GAVOTTE
DE Mr DE LVLLY.

PArdonnez, belle Inhumaine,
Si i'ay iuré tant de fois,
De sortir de vostre chaîne,
Et de faire vn nouueau choix;
Ie me doutois toûjours bien,
Que mon cœur n'en seroit rien.

M. QVINAVLT.

DE

EVis qu
Qu

Qui
Et qu
Me fon
Puisque i'ay

Mais si ia
Reco

Que
Ie re
De resp
le viuray sati

AIR
DE Mr BOESSET.

EVis que fon cœur eft vn cœur de Rocher,
　　Que ie ne puis toucher
　　　　Du martyre
　　Qui fait que ie foûpire,
　　Et que fes yeux vainqueurs
　Me font fentir tant de rigueurs;
Puisque i'ay refolu de iamais n'en rien dire,
　　　Il faut fouffrir,
　　　Il faut mourir
　　Sous fon empire.

Mais fi iamais la Belle par mes pleurs
　　Reconnoift mes douleurs,
　　　　Et la peine
　　Que pour cette Inhumaine
　　Ie reffens nuit & jour;
　De refpect, de crainte, & d'amour,
Ie viuray fatisfait, en feruant Celimene,
　　　Puis que fes yeux
　　　Verront bien mieux
　　Ma mort certaine.
　　　　　　　M. BOESSET.
　　　　　　　O iiij

P

AIR
DE Mr PERDIGAL.

Petits Ruiſſeaux,
Dont les captiues eaux
Sont à la chaîne,
Et ne diſent plus rien,
Vous eſtes moins glacez que le cœur de Climene,
Et moins enchaînez que le mien.

P

AIR
DE Mr MOVLINIE'.

PAisible & tenebreuse Nuit,
Sans Lune & sans Etoilles,
Renferme le jour qui me nuit
Dans tes plus sombres voiles:
Haste tes pas, Déesse, exauce-moy,
J'aime vne Brune comme toy.

J'aime vne Brune dont les yeux
Font dire à tout le monde,
Que quand Phébus quitte les Cieux
Pour se cacher sous l'onde,
C'est le regret de se voir surmonté
Du doux éclat de leur beauté.

O v

P

AIR
DE Mr CHEVALIER.

PHilis auoit mis dans sa bouche,
　　Tant elle a peur qu'on ne la touche,
Vn trait aigu pour me percer:
Ie luy baisay pourtant ses levres demy closes,
Et luy fis voir qu'Amour pouuoit cueillir des Roses
Sans que l'épine pût blesser.

Hilis,
Que de
Ie veu
Ma bo
Mais
Ie n'e

Oüy, pa
Aussi long
L'Indi
Vn rig
Mais
Ie n'e

Ces deux
Que ie re
Vous d
Que p
Mais ie
Que v

P

GAVOTTE

B.

PHilis, puis que c'eft vous déplaire,
Que de vous dire mon amour,
Ie veux forcer nuit & jour
Ma bouche de fe taire:
Mais pour mes yeux, helas!
Ie n'en répondray pas.

Oüy, par voftre jufte defenfe,
Auffi longtemps qu'il vous plaira,
L'Indifcrete gardera
Vn rigoureux filence:
Mais pour mes yeux, helas!
le n'en répondray pas.

Ces deux témoins de mon martyre,
Que ie retiendrois vainement,
Vous diront à tout moment
Que pour vous ie foûpire:
Mais ie crains bien, helas!
Que vous n'y penfiez pas.

O vj

P.

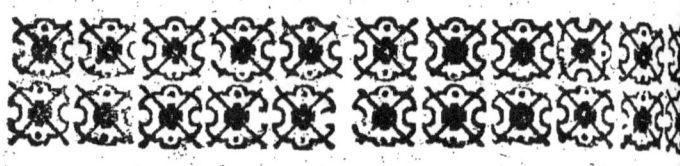

AIR
DE Mr RICHARD.

PHilis, aupres de vous ie gouste des plaisirs
Qui ne se peuuent dire;
Et si quelquefois ie soûpire,
C'est alors que mon cœur contente ses desirs:
Mais quand vn rigoureux depart
Pour vn temps nous separe,
Ie sers d'vn exemple bien rare;
Mon Corps est en vn lieu, mon Ame est autre-part

GAVOTTE.

PVis que deſſous voſtre Loy
Amour a rangé ma foy,
Permettez, belle Carite,
Que i'adore vos appas:
Ma paſſion le merite,
Ne le refuſez donc pas?

Conſiderez le tourment
Que ie ſouffre en vous aimant,
Et vous ſerez fauorable
A ma rare loyauté;
Car pour eſtre inexorable,
Vous auez trop de beauté.

Ce Dieu qui brûle mon cœur,
Par voſtre bel œil vainqueur,
Me nourrit dans l'eſperance
De me voir vn jour heureux,
Me rendant en récompenſe
Autant aimé, qu'amoureux.

P.

AIR
DE Mr DE CAMBEFORT

PAr vn crime innocent, & par vn fort contraire,
I'ay fâché la Beauté dont i'adore les yeux:
  Ce font pour moy des Aftres en colere,
  De qui i'attens vn trépas glorieux.
Beaux yeux, fi vous deuiez chaftier mon offence,
En ma punition, i'auray ma récompenfe.

P

AIR
DE Mr BOESSET LE PERE.

PHilis, quand verray-je le jour,
Qui mettant fin à mon inquietude,
Soit fauorable à mon amour,
Que ta rigueur paye d'ingratitude?

Vos yeux, à me nuire obstinez,
Me font souffrir des maux si déplorables,
Qu'entre les plus infortunez,
Il n'en est point qui me soient comparables.

P

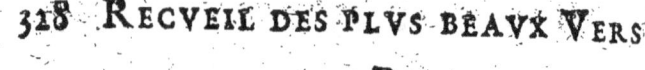

AIR
DE M BOESSET.

POur soûpirer pour vos beaux yeux,
Et voltre grace non commune,
J'ay de l'amour assez, & trop peu de fortune,
Il faut estre du rang des Dieux,
Pour soûpirer pour vos beaux yeux.

M. BOESSET.

P

AIR.

Vis que mon feu s'accroiſt par le ſilence,
Et qu'à la fin la violence
Me force à vous le découurir;
Cloris, ſi ie ſuis temeraire,
C'eſt que ma bouche ne peut taire
Ce que mon cœur ne peut ſouffrir.

Mais s'il aduient qu'au fort de mon martyre
La douleur me faſſe vous dire
Que vos beaux yeux me font mourir;
Cloris, ſi ie ſuis temeraire,
C'eſt que ma bouche ne peut taire
Ce que mon cœur ne peut ſouffrir.

COVRANTE.

PHilis, écoutez vn moment,
　Puis qu'il faut que i'expire,
　　Souffrez seulement
　　Qu'vn pauure Amant
　　Vous puisse dire
　　Son cruel tourment:
Ie suis amoureux & jaloux,
Ie sens mon cœur percé de mille coups;
　　Mais ie vay rendre
　　Mon trépas bien doux,
Si ie puis vous apprendre
　　Que ie meurs pour vous.

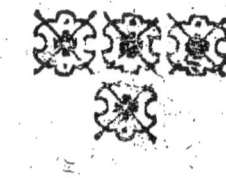

P

AIR

B. D. B.

PHilis au cœur de Rocher,
Que vous sert de vous cacher,
Et demeurer enfermée?
Pensez-vous estre aimable, & n'estre point aimée?

En vain pour braver l'Amour,
Vous auez quitté la Cour,
De vos attraits si charmée;
Pensez-vous estre aimable, & n'estre point aimée?

P

AIR
DE Mr MARTIN.

PLeurez, pleurez, mes yeux, pleurez inceſſamme
Faites voir en tous lieux l'excés de mô tourm
Et le cruel tranſport que ma douleur me liure:
Depuis qu'Amarillis me defend d'eſperer,
    Helas! i'ay trop de temps pour viure,
    Mais i'en ay trop peu pour pleurer.

    Puis qu'en vain ie prétens de flechir ſon courou
Pleurez, mes yeux, pleurez, c'eſt le ſort le plus dou
Que iamais ſes rigueurs me permettent de ſuiure
Depuis qu'Amarillis me defend d'eſperer,
    Helas! i'ay trop de temps pour viure,
    Mais i'en ay trop peu pour pleurer.

P

SARABANDE

E M DE MAVLEVRIER.

PHilis veut bien que ie brûle pour elle,
Mais elle veut que ie fois malheureux:
Quoy qu'elle foit tous les jours plus cruelle,
Helas! ie fuis toûjours plus amoureux.

Mon Ame enfin cede à fa deftinée,
Philis à vous elle fe vient donner;
Ayez pitié de cette abandonnée,
Que ma raifon ne peut plus gouuerner.

Vous n'eftes pas la premiere, cruelle,
A qui mon cœur ait fait fentir fes coups;
Ie fuis difcret, amoureux, & fidelle,
Tremblez, Philis, & prenez garde à vous.

M. DE MAVLEVRIER.

P

GAVOTTE.

PHilis, que voſtre éloignement
Donne a mon Ame à tout moment
De peine & de martyre!
Ah! que l'abſence eſt vn grand mal!
Il n'eſt point de tourment égal.

Belle, depuis que vos beaux yeux
Ne brillent plus dedans ces lieux,
Mon cœur toûjours ſoûpire:
Ah! que l'abſence eſt vn grand mal!
Il n'eſt point de tourment égal.

Parmy les plus facheux ennuis
Ie paſſe les jours & les nuits,
Et ie ne fais que dire;
Ah! que l'abſence eſt vn grand mal!
Il n'eſt point de tourment égal.

Amour, toy qui peux tout ſçauoir,
Seray-je longtemps ſans reuoir
Celle que ie deſire?
Ah! que l'abſence eſt vn grand mal!
Il n'eſt point de tourment égal.

P

SARABANDE
DE Mr MOVLINIE'.

PLeurez, mes yeux,
  Philis quitte ces lieux:
Si la conſtance,
Pendant ſa preſence,
  N'a pû durer;
Eloigné d'elle,
D'vne Infidelle,
Que dois-je eſperer?

       ❦

  Pleurez, mes yeux,
  Philis quitte ces lieux:
Dans ſon abſence
Ie pers l'eſperance;
  Le changement
D'vn cœur volage,
Eſt l'apanage
D'vn éloignement.

       ❦

P

AIR.

Pourquoy vous donner tant de peine
A chaſſer dans les Bois, à courir dans la Plaine?
Ah! c'eſt mal employer tous vos attraits charma
Tandis que vous prenez quelques Beſtes ſauuag
Vous pourriez d'vn regard conquerir mille Am
Et ſoûmettre à vos Loix les Cœurs les plus volag

P

Sur l'Air des Seruantes.

Mr DE LVLLY.

PArlons à cette blanche & blonde,
De qui les beaux cheueux épars
Attirerent de tout le monde
Et les defirs, & les regards,
Le jour que le Maiftre du Monde
Parut dedans le Champ de Mars.

Songez à nous, charmante Brune,
Et que la douceur des prefens
Ne ferue pas à leur fortune,
Au prejudice des abfens;
Mais bien plutoft vous importune,
Puis qu'ils ne font là que paffans.

Soyez en repos de la brune,
Elle fçait aller à fes fins;
Les Paffans à bonne fortune
Ont beau luy conter leurs chagrins,
C'eft aboyer apres la Lune,
Elle connoift les Pelerins.

Tome II.   P

P

AIR

B.

POur me faire mourir, inhumaine Siluie,
Vous quittez ces aimables Lieux:
Arreſtez vn moment, trop aimable Ennemie,
Nous aurons le plaiſir tous deux,
Vous de me voir perdre la vie,
Et moy de mourir à vos yeux.

P

SARABANDE

B. D. B.

POur vne Bergere infidelle,
En vain ie brûle nuit & jour;
Vn autre enfin a receu d'elle
Ce qu'elle doit à mon amour.

Comme elle ie voudrois moy-méme
Faire de nouuelles amours:
Cependant ie sens que ie l'aime,
Et que ie l'aimeray toûjours.

AVTRES COVPLETS.

Quand l'Amant, à qui l'on sceut plaire,
A pû cherir d'autres appas,
On sçait assez ce qu'il faut faire,
Mais souuent on ne le peut pas.

P ij

On sçait qu'il faut que la Bergere
Arrache l'Ingrat de son cœur:
Mais helas! quoy qu'on puisse faire,
L'Ingrat y tient trop par malheur,

On sçait qu'ellé luy doit sa haine,
Dés qu'il est ailleurs enflâmé:
Mais helas! qu'on hait auec peine
Ce qu'on a tendrement aimé!

Si parfois vn dépit sensible
La force à rompre son lien,
Le dépit se croit tout possible,
Mais souuent le cœur ne peut rien,

AIR

DE Mrs BOESSET LE PERE ET LAMBERT.

QVe pretendez-vous, mes desirs?
Ne songez plus à ma defense;
Faites cesser tant de soûpirs,
L'ingrate Olimpe s'en offence:
Puis que sa cruauté ne vous sçauroit souffrir,
Mourez, ou me faites mourir.

Ne faites plus aucun effort
Pour montrer mon amour fidelle,
Ou bien n'en parlez qu'à la mort,
Qui nous sera plus douce qu'elle:
Puis que sa cruauté ne vous sçauroit souffrir,
Mourez, ou me faites mourir.

AIR
DE M¹ BOESSET LE PER

Qve cette naiſſante Beauté
Qui captiue ma liberté,
A d'attraits & de charmes!
Dieux! qu'ils ſont maiſtres de mes ſens!
Pour moy, ie les tiens ſi puiſſans,
Qu'il faut que ma raiſon rëde à l'Amour les arme

Quelle Aurore ſur l'Horiſon,
Dans la plus aimable Saiſon,
Fut iamais ſi charmante!
Ah! que i'auray de déplaiſirs,
Lors qu'en dépit de mes deſirs
Mes yeux ne verront plus cette belle Amarante.

Q

PER

AIR
DE Mr BOESSET.

Qve le feu de vos yeux
Rend d'éclat en ces Lieux!
Quels effets i'en reſſens!
O Dieux! qu'ils ſont puiſſans!
les ſens en ſont charmez, ma raiſon réd les armes,
Mais ie crains, parmy tant de charmes.

                              M. BOESSET.

Q

GAVOTTE

B. D. B.

Qve fais-tu, Bergere,
Dans ce beau Verger?
Tu ne songes guere
A me soulager:
Tu connois ma peine,
Tu vois ma langueur,
Prens, belle Inhumaine,
Pitié de mon cœur.

Tous ceux du Village
Seront les témoins,
Que ton cœur volage
Méprise mes soins:
Tu seras blâmée,
Et pourras vn jour
N'estre point aimée,
Et mourir d'amour.

B. D. B.

Q

SARABANDE
DE Mlle DES VAVX.

Ve dans vos yeux la douceur eſt extréme!
Dans voſtre cœur il n'en eſt pas de méme
   Que dans vos yeux.
   Tout eſt de glace,
Amour n'a point de place
   Que dans vos yeux.

P v

AIR
DE Mr LAMBERT.

QVoy que sans cesse ie soûpire
Sous les Loix d'vn cruel Empire,
Et que toûjours ie souffre vn tourment sans égal,
Ie n'auoûray iamais que l'Amour soit vn mal.

Les beaux yeux qui causent ma flâme,
Auront beau consumer mon Ame,
Et me percer le cœur d'vn trait qui m'est fatal,
Ie n'auoûray iamais que l'Amour soit vn mal.

Qu'ils se moquent de mes suplices,
Qu'ils se moquent de mes seruices,
Et mesme deuant moy preferent vn Riual,
Ie n'auoûray iamais que l'Amour soit vn mal.

D

Ve me
Si toû
cruel Amo
Ou

AIR
DE Mr LAMBERT.

Qve me sert-il, helas! d'estre aimé de Climene,
Si toûjours sa rigueur s'oppose à mes plaisirs?
Cruel Amour, rens-la plus sensible à ma peine,
Ou me donne moins de desirs.

GAVOTTE

B. D. B.

QVe ton retour, ma Bergere,
Fauorable à nos defirs,
Nous va combler de plaifirs,
Si tu n'es point menfongere,
Et que ta fidelité
Soit égale à ta beauté!

Ah! que ie fouffris de peine,
En foûpirant jour & nuit,
Lors que mon efprit feduit
Par vne apparence vaine,
Crût que ta fidelité
N'égaloit pas ta beauté.

Maintenant, jeune Merueille,
Que ie fuis defabufé!
I'ay, de t'auoir accufé,
Vne douleur fans pareille,
Voyant ta fidelité
Eftre égale à ta beauté.

M. DE LA SALLE.

DE

Q

En t
Hela
I
E

AIR
DE Mr DE BEAVMONT.

QV'il est dangereux de reuoir
Ces beaux yeux, dont le doux pouuoir
En tous lieux me persecute!
Helas ! qu'en ce moment fatal
I'apprens que la rechute
Est pire que le mal !

M. LE CH. DV BVISSON.

AIR
DE M. DE SABLIERE.

Qvand on a tant d'amour
Pour l'ingrate Siluie,
Peut-on chérir la vie?
Comment dormir la nuit? comment rire le jour,
Quand on a tant d'amour?

Le plaisir de vous voir
Est vn plaisir extréme;
On voit la Beauté mesme:
Ie quitterois Philis & Cloris, pour auoir
Le plaisir de vous voir.

Q

AIR
DE Mr BOESSET LE PERE.

Qve d'épines, Amour, accompagnent tes Roses!
Qued'vne aueugle erreur tu laisses toutes choses
    A la mercy du Sort!
Qu'en tes prosperitez à bon droit on soûpire!
&qu'il est malaisé de viure en ton Empire,
    Sans desirer la mort!

AIR
DE Mr BOESSET LE PERE,

QVe douce eſt l'influence
Des beaux yeux où ie lis
L'agreable innocence
Du cœur d'Amarillis!

Que ſa beauté celeſte
Fait naiſtre de plaiſirs!
Et que ſon front modeſte
Fait mourir de deſirs!

O courage heroïque
D'vne ſage Beauté,
Qui iamais ne pratique
Faueur, ny cruauté!

L'honneur dés ſon bas âge,
Qu'elle a ſoin d'acquerir,
C'eſt d'ignorer l'vſage
De bleſſer pour guerir.

C'eſt là que ie me range,
Qui m'en pouroit bannir?
C'eſt viure auec vn Ange,
Que de l'entretenir.

Q

SARABANDE.

QV'esperez-vous, foibles soûpirs?
Amarillis endurcit à mes larmes :
   Pour soulager mes déplaisirs,
Il faut chercher desormais d'autres armes :
   Elle se rend par ses rigueurs
   Insensible à mes pleurs,
Lors que ie suis plus sensible à ses charmes.

AIR.

Q Vittez, Mufes, quittez cette longue trifteffe,
    Changez à ce bienheureux jour
    Vos cris en des chants d'allegreffe,
    Vos fanglots en foûpirs d'amour:
Ceffez, Filles du Ciel, ceffez de vous plaindre,
Voftre Alcandre eft guery, qu'auez-vous à craindre

    Les vœux d'vn jufte Roy que la Parque réuere,
    Deux fois l'ont fauué de fes mains,
    Iugeant qu'il eftoit neceffaire
    Au repos de tous les humains:
Ceffez, Filles du Ciel, ceffez de vous plaindre,
Voftre Alcandre eft guery, qu'auez-vous à craindre

SARABANDE
DE Mᵉ CHAPRON.

Qvand soulagerez-vous ma peine,
    Belle Inhumaine?
Quand finirez-vous mon tourment?
    Dix ans de peines,
    Dix ans de gesnes
Eprouuent assez vn Amant.
Quand soulagerez-vous ma peine,
    Belle Inhumaine?
Quand finirez-vous mon tourment?

AIR
DE Mr CAMBERT.

QV'ay-je fait de mon cœur, ie le cherche en tou
    lieux;
Et pour le retrouuer, ma diligence eſt vaine:
    Ah! vous me l'auez pris, Climene,
    Ie le connois bien à vos yeux.

Par leur fauſſe douceur le cœur s'eſt veu ſurpris,
Sans penſer ſeulement à ſe mettre en defence:
    Mais n'en faites pas conſcience,
    Il leur donne ce qu'ils m'ont pris.

Q

AIR
DE Mr DE SABLIERE.

Qve l'Amour a de cruelles gesnes!
Que ses feux augmentent mes desirs!
Renonçons à ses promesses vaines,
Ses plus grands biens causent mille soûpirs;
Il est vray qu'il a d'aimables peines,
Mais i'aime mieux de tranquilles plaisirs.

M. PERRIN.

Q

SARABANDE.

Qvand on est amoureux
D'vne Cruelle,
Que l'on est malheureux
D'estre fidelle!
Mais l'on pardonne tout, quand elle est belle,

L'amour qu'on a pour vous
Est legitime;
Tout percé de vos coups,
L'on vous estime;
Et qui fait autrement, fait plus d'vn crime.

Q

AIR
B.

Qve ton bel œil, & ton humeur,
Phils, ont peu de reſſemblance,
Lors que l'vn fait par ſa douceur
Naiſtre le deſir dans mon cœur,
L'autre y fait mourir l'eſperance.

M. L'A. I.

AIR
DE Mr BOESSET LE PERE.

Qv'Aminte a de charmans appas!
Que ses beaux yeux ont de puissance!
Amans, qui les croyez tous remplis d'innocence,
Ne vous y fiez pas,
Ils donnent le trépas.

Amour qui la suit pas à pas,
Donne à nos cœurs peu d'esperance:
Fuyons tous ces attraits si doux en apparence;
Ne nous y fions pas,
Ils donnent le trépas.

Ie cede, & mets les armes bas,
Ie n'ay ny force, ny constance:
Retien ton bras, Amour, modere ta puissance,
Ie ne m'en defens pas
De ces yeux pleins d'appas.

Q

AIR
DE Mr LAMBERT.

Qvoy! vous parlez de mes defirs,
infolens & traiftres Soûpirs?
Vous voulez découurir ma flame:
Cachez-vous au fond de mòn cœur;
ſi de mon refpect Amour eſt le vainqueur,
N'en fortez qu'auecque mon Ame.

VILANELLE.

Qve les Bergers auecque les Bergeres
 Paſſent de momens heureux!
Car ils n'ont point de plus grandes affaires,
 Que celle d'eſtre amoureux.
Pendant que leurs Moutons paiſſent ſur l'herbette
 Aſſis ſous vn Ormeau,
 Chacun auec ſon Iſabeau
 Ioüant de leur Muſette,
Ils perdent le ſouuenir de leur Troupeau.

Ie vis l'autre jour dans ces Plaines
 Doris auec ſon Amant,
Tous deux exempts de maux & de peines,
 Et s'aimant fort tendrement,
Aſſis deſſus les fleurs de leur Prairie,
 Qui faiſoient vn ſerment
 De s'aimer éternellement;
 Auec vn œil d'enuie
Ie les vis qui ſe baiſoient à tout moment.

Q

AIR
DE Mr BOESSET.

QVe i'aime les Bois,
Ces Confidens difcrets!
Que i'aime les Bois,
Et les antres fecrets!
Les Prez dónent des fleurs; mais dans ce beau fejour
On peut à l'ombrage
D'vn fombre feüillage,
Cueillir les doux fruits de l'Amour.

M. PERRIN.

Q iij

RECIT DE BALLET
DE Mr DE LVLLY.

QVe voſtre Empire, Amour, eſt vn cruel Empire
Tout le monde s'y plaint, tout le monde y ſoû
pire,
Et forme vn doux côcert des hôneurs qu'il vous rend
Tout l'Vniuers gémit ſous de pareilles chaînes,
C'eſt la meſme langueur, ce ſont les meſmes peines
Mais le murmure eſt diferent,

SVITE.

Suiuons de ſi douces Loix,
Puis que les Dieux & les Roys
Sont obligez à les ſuiure:
Il eſt malaiſé de viure
Sans deuenir amoureux;
Mais il faut eſtre aimé, pour viure bien heureux.

Ce Dieu rend nos jeunes ans
Aimables, doux, & plaiſans,
Et de tout ſoin nous déliure:
Il eſt malaiſé de viure
Sans deuenir amoureux;
Mais il faut eſtre aimé, pour viure bien heureux.

Q

AIR
DE Mr PERDIGAL.

Qve vous estes heureux,
Petits Oyseaux, dans ce Bois solitaire!
Vous contez vostre amour à l'objet de vos feux,
    Sans craindre sa colere.
    Que vous estes heureux!
    Que vous estes heureux!

AIR
DE Mr VINCENT.

Qvoy que voſtre rigueur cruelle
Faſſe mourir tous ceux que voſtre œil ſçait charme
J'aime mieux vne mort ſi belle,
Que de viure ſans vous aimer.

Non, non, ny peine, ny ſuplice,
Ne me peut empeſcher d'adorer vos appas:
Si ie meurs à voſtre ſeruice,
Puis-je auoir vn plus beau trépas?

Bien loin de regreter ma vie,
Ie nommeray ma mort vn bonheur eternel;
Puis que pour mourir pour Siluie,
Vn Dieu voudroit eſtre mortel.

AIR
DE Mᵗ PERDIGAL.

Qv'attendez-vous, charmantes Roses?
Qu'attendez-vous, pour estre écloses?
Helas! sur vos naissantes fleurs
Mes yeux ont versé tant de pleurs!
Qu'attendez-vous, pour estre écloses?
Qu'attendez-vous, charmantes Roses?

M. PERRIN.

AIR.

QVe mille Amans ont dessein de vous plaire,
　Chacun le sçait, chacun le dit;
　Mais lequel a plus de credit,
　C'est le secret, c'est le mystere.

Qu'à vostre Amant vous soyez peu seuere,
　Chacun le croit, chacun le dit;
　Si l'on dit vray, si l'on médit,
　C'est le secret, c'est le mystere.

Q

AIR
DE Mᵣ LAMBERT.

Qve ce doux bruit flate bien ma tristesse!
Belle Onde, vous coulez sans cesse,
  Et moy ie pleure toûjours.
Helas, Ruisseau plein de charmes,
  Qui de vous, ou de mes larmes,
  Aura plutost fait son cours?

Q v

Q

AIR DE BALLET.
DE Mr DE LVLLY.

QV'est-il besoin de dire,
Que pour vos doux appas
Et nuit & jour ie soûpire?
Helas! vous ne l'ignorez pas:
Vos yeux au moins
Sont témoins
De mes soins,
Inhumaine,
Et de mon tourment:
Si vous me perdiez, Climene,
Vous ne trouueriez qu'à peine
Vn tel Amant.

Que le Sort eit à plaindre,
Qui me fait soûpirer!
Car enfin i'ay tout à craindre,
Et ie n'ose rien esperer:
Ah! qu'vn Amant,
En aimant
Constamment,
A de peine!
Et que de langueurs!
Quand vne jeune Inhumaine
Rend son esperance vaine
Par ses rigueurs.

Q

AIR
DE Mr DE BEAVMONT.

Qve de plaiſirs en vous aimant!
Tout eſt adorable & charmant,
Rien n'eſt ſi doux que voſtre Empire;
Et le plus malheureux Amant
Ne ſçauroit s'empeſcher de dire,
Que de plaiſirs en vous aimant!

GAVOTTE

B. D. B.

QVand ie contemple à loisir
Les yeux de la jeune Helene,
Que les miens ont de plaisirs!
Mais que mon cœur a de peine!
Ah! ie préuoy que pour eux
Ie seray toûjours malheureux.

En vain ie ferois sçauoir
A cette jeune Cruelle,
Qu'il ont sur moy tout pouuoir;
C'est de l'Allemand pour elle:
Ah! ie préuoy que pour eux
Ie seray toûjours malheureux.

Quelque jour ce jeune cœur
Entendra mieux ce langage;
Elle aura moins de rigueur,
Alors qu'elle aura plus d'âge:
C'est peut-estre vn vain espoir;
Mais comment viure sans la voir?

B. D. B.

MENVET.

Qvi craint la peine
  Qu'on souffre en aimant,
Ne doit pas, Inhumaine,
Vous voir vn moment.
Vos yeux sont doux, & voftre air eft charmant,
  Quand on eft tendre,
   Il faut se rendre.
   A la douceur
De vos diuins apas;
   Et voftre cœur,
Philis, ne se rend pas?

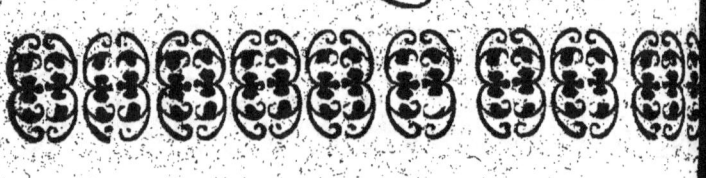

AIR.

QV'on ne me parle plus d'amour,
L'inconstance regne à la Cour:
O Dieux!
Puniſſez ces Amans volages;
O Dieux!
Puniſſez ces legers Amoureux.

Ces Amans pour nous déceuoir,
Iurent Amour, & ſon pouuoir:
O Dieux! &c.

Ils n'ont de la fidelité,
Sinon pour la déloyauté:
O Dieux! &c.

Q

GAVOTTE
DE Mr DE LVLLY.

QVand ie verſe des pleurs,
Objet incomparable,
Au gré de vos rigueurs
Suis-je aſſez miſerable?
Soulagez mes langueurs
D'vn regard fauorable.

GAVOTTE.

QVe i'aime tes noirs cheueux
Qui baisent ton beau visage!
Ie voudrois estre comme eux,
Auoir le mesme auantage:
Qu'il est doux d'estre amoureux,
Ma Philis, de tes beaux yeux!

Ah! que mes yeux sont contens
Au moment qu'ils vous regardent!
Mais mon cœur en mesme temps
Connoissant ce qu'ils hazardent,
Leur defend de rechercher
Vn bien qui couste si cher.

Toute la nuit que l'Amour
Le tourmente & le déchire,
Songeant au plaisir du jour,
N'ay-je pas raison de dire,
Ah! mes yeux, pourquoy chercher
Vn bien qui couste si cher?

De vains & cruels desirs,
Des ennuis, de longues veilles,
Suiuent de pres les plaisirs
D'auoir veu tant de merueilles:
Sans cela, qu'il seroit doux,
Philis, d'estre aupres de vous!

AIR
DE Mr DE LA GRANGE.

Qve faites-vous sans amour à vostre âge?
Perdre le temps, est-ce estre sage?
Vous auriez peu de raison
D'estre seuere:
Aimez, c'en est la saison,
Quand on sçait plaire;
Vous n'auez pas vn cœur pour n'en rien faire.

M. QVINAVLT.

Q

AIR
DE Mr GVEDRON.

QVoy que l'on me puiſſe dire
Qu'Amour n'eſt rien qu'vn martyre,
Dont l'on meurt cent fois le jour,
Ie ſeray plutoſt las de viure,
Que d'aimer & de ſuiure
Les plaiſirs de l'Amour.

Sans la douceur de ſes flâmes,
Nos Corps ſeroient à nos Ames
Vn bien ennuyeux ſejour:
N'eſt-ce pas mourir, que de viure
Sans aimer & ſans ſuiure
Les plaiſirs de l'Amour?

Quand la ſuite d'vn long âge
Bannira de mon viſage
La jeuneſſe ſans retour,
Ie ſeray, &c.

Et quand meſme la Mort dure
Ouurira ma Sepulture,
Ie veux qu'on graue à l'entour,
Que ie fus plutoſt las de viure,
Que d'aimer, &c.

Q

AIR
DE Mʳ BOESSET.

Qvittons ce Berger
Trompeur & volage;
Quittons ce Berger
Inconſtant & leger:
Vne Ame bien ſage,
Quand on ſe dégage,
Doit ſe dégager;
Les pleurs & les cris
Sont de trop foibles armes
Contre le mépris;
C'eſt rarement
Que le ſecours des larmes
Conſerue vn Amant.

Mʳ PERRIN.

Q

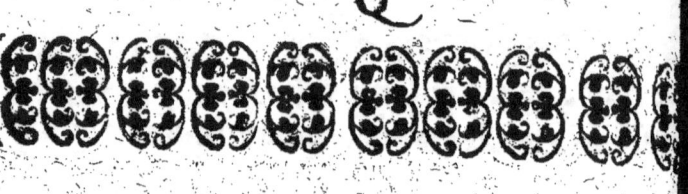

AIR

B.

QVe la douceur de vos chants
M'est vne peine cruelle!
Ah! prenez mieux vostre temps,
Oyseaux, ie songe à ma Belle:
Et quel plaisir puis-je auoir,
Sans le plaisir de la voir?

AIR DE BALLET.

QVand fur l'Air du Capitaine
Vous demandez des Couplets;
Ie me trouue bien en peine,
Quand fur l'Air du Capitaine
Il faut exercer ma veine,
Car vous les voulez complets;
Quand fur l'Air du Capitaine
Vous demandez des Couplets.

Quand vous voulez quelque chofe,
On ne peut vous refufer:
Et quoy que l'on fe propofe,
Quand vous voulez quelque chofe,
Soit en Vers, ou foit en Profe,
En vain l'on veut s'excufer;
Quand vous voulez quelque chofe,
On ne peut vous refufer.

Helas ! que pourray-je dire?
Dites-le moy sans façon:
Si ie parle de martyre,
Helas ! que pourray-je dire?
Vous croirez que c'est pour rire,
Et que c'est vne Chanson;
Helas ! que pourray-je dire?
Dites-le moy sans façon.

Ah ! si vous pouuiez comprendre
Ce que mon cœur dit tout bas,
Vous pourriez bien mieux apprendre,
Ah ! si vous pouuiez entendre
Combien pour vous il est tendre
Que ie meurs pour vos appas;
Ah ! si vous pouuiez comprendre
Ce que mon cœur dit tout bas.

Q

AIR
B. D. B.

Qvand on soûpire,
N'est-ce pas vous instruire
De son martyre?
Et peut-on mieux helas!
Vous dire
Que l'on brûle pour vos appas,
Quand on soûpire.

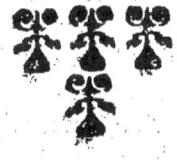

Q

DIALOGVE DV SOMMEIL ET DV SILENC[E]

Pour vn Ballet.

LE SOMMEIL.

Qve i'eſtois en repos! & que ie dormois bien!

LE SILENCE.

Et moy, i'eſtois paiſible, & ie ne diſois rien.

TOVS DEVX ENSEMBLE.

Par quelle bizarre auanture,
Dont l'Vniuers doit eſtre émerueillé,
Vient-on troubler en nous l'ordre de la Nature?

LE SOMMEIL.

Qui vous a fait parler?

LE SILENCE.

Qui vous a réueillé?

LE SOMMEIL.

Le digne Nom du plus grand Roy du Monde,
Tout jeune encore, & déja tout parfait,
Qui deuient tel ſur la Terre, & ſur l'Onde,
Qu'on ne ſçauroit dormir au bruit qu'il fait.

LE SILENCE.

Ce meſme nom, par vn effort extréme,
Me fait ſa gloire aux Aſtres égaler,
Et deuient tel, que le Silence meſme
Ne ſçauroit plus s'empeſcher d'en parler.

TOVS DEVX ENSEMBLE.

Ioignons nos diſcours & nos veilles,
Pour le publier hautement;
Et chantons dignement,
De ce jeune LOVIS, les naiſſantes merueilles.

M. DE BENSERADE

R Ien
A
Elle
Mais en
Qui fon[t]
Faut
Que

Tome

AIR

B.

Rien n'est égal aux charmes de Caliste,
  A ses beaux yeux rien ne resiste,
  Elle regne sur tous les Cœurs:
Mais en parlant de ses attraits vainqueurs
Qui font que sans cesse on l'admire,
  Faut-il estre obligé de dire
  Que rien n'égale ses rigueurs?

B.

SILENC

ois bient

ien.

é,
Nature?

ueillé?

Monde,

e,
fait.

e,

rler.

illes,

illes.
SERADI

R

AIR
DE Mr DE MOLLIER.

REspect, fier Tyran de mon Ame,
En fin ie veux dire ma flâme:
C'est trop souffert, c'est assez craint;
Cruel, cessez de me contraindre;
Puis que ie suis priué du bonheur d'estre plaint,
Laissez-moy celuy de me plaindre.

Mes pleurs, mes soûpirs, & mes plaintes,
Montrez mes sensibles atteintes,
Vous le pouuez, & i'y consens;
Parlez, faites voir mon martyre,
Et découurez enfin mes desirs innocens
A l'Objet pour qui ie soûpire.

M. DE MOLLIER

R

AIR

B.

REspect, vous estes superflus;
Amour, ne vous arrestez plus
A tant d'inutiles contraintes:
Mon cœur, soûpirez hardiment,
Et surmontant toutes vos craintes,
Faites parler vostre tourment.

R ij

R

SARABANDE
DE Mr DE LVLLY.

Rien n'est plus redoutable
  Que vos doux appas:
Mais que sert d'estre aimable,
  Si l'on n'aime pas?

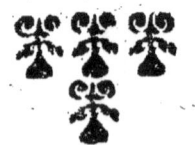

L'Amour brillant de flâme,
  N'est que dans vos yeux:
S'il passoit dans vostre Ame,
  Il seroit bien mieux.

M. QVINAVLT.

R

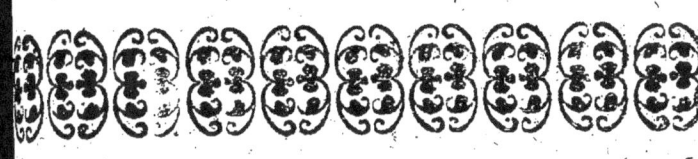

AIR
DE Mr PERDIGAL.

Rochers, ie ne veux point que voſtre Echo fidelle
Rediſe les malheurs dont ie me plains à vous:
Ins eſt ſi charmante, & ma peine ſi belle,
Qu'en découurant ce que ie ſens pour elle,
    Vous me feriez mille jalous.

R

AIR
DE Mr DE CHANCY.

Rares Fleurs, viuante peinture,
Aimables Filles du Printemps,
Qui pour embellir la Nature,
Voulez renaiſtre tous les ans;
Voyez ſur le teint d'Artenice
Les plus belles couleurs peintes ſans artifice.

Auant que vous ſoyez écloſes,
Déja l'Amour a fait deſſein
De cueillir ſes Lys & ſes Roſes
Sur la blancheur de ſon beau Sein;
Voyez ſur le teint d'Artenice
Les plus belles couleurs peintes ſans artifice.

Flore vous forme auec des larmes,
Et le Soleil vous fait mourir:
Mais Artenice a tant de charmes,
Qu'ils ne ſçauroient iamais périr;
Le Lys, la Roſe, & le Narciſſe,
Viuent ſur ſon beau teint ſans aucun artifice.

R

AIR
DE M᷒ DAMBRVIS.

REuenez, beau Printemps, reuenez en ces Lieux,
Ranimez des Oiseaux l'agreable harmonie;
Rien n'est si glorieux,
Que de plaire à Siluie,
Pour vous elle fait mille vœux;
Reuenez, beau Printemps, reuenez en ces Lieux.

R iiij

R

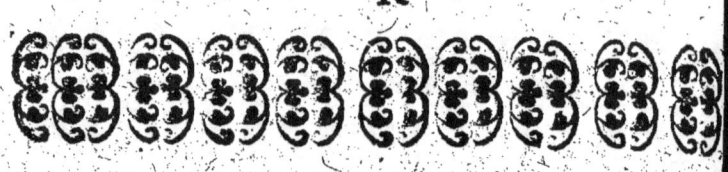

AIR
DE Mr MARTIN.

Ruisseaux, confidens de mes soins,
Beaux Arbres, vniques témoins
Que i'ay dans cette Solitude;
Parlez tous contre vostre sort,
Pour accuser d'ingratitude
Les yeux qui me donnent la mort.

Helas ! si ie meurs malheureux,
Ie ne suis pas moins amoureux;
Ie meurs des blessures que i'aime;
Et dans cet injuste malheur,
Bien que ma douleur soit extréme,
I'ay plus d'amour, que de douleur.

R

SARABANDE
B.

Rien n'est si beau que Celimene est belle,
Ie veux l'aimer jusqu'à mon dernier jour;
Elle a le cœur tendre & fidelle,
Où peut-on mieux arrester son amour?

M. DE LA TVILLIERE.

R v

R

RECIT DE BALLET

Pour la Reyne de Suede.

Reyne dont les Mortels adorent la presence,
Moy qui parle en tous lieux, & qui parle de tou
Ie viens pour t'affurer qu'il n'eft point d'éloquence
Que tes rares vertus ne puiffent mettre à bout;
Tout cede a ton Efprit, & d'vn pouuoir fupréme
Toy feule peux parler dignement de toy-méme.

Tes grandes actions qui n'ont point de pareille
A me faire parler, ont feruy mille fois:
Auffi pour celebrer tes diuines merueilles,
Il faut plus d'vne langue, il faut plus d'vne voix;
Mais bien qu'à te loüer i'apporte vn foin extréme,
Toy feule peux parler dignement de toy-méme.

Abaiffant à tes pieds ce que tous les Monarques
Portent deffus la telte, & tiennent dans leurs main
Ne fais-tu pas bien voir, par ces illuftres marques
Que fi tu dois regner, c'eft fur tous les humains?
Par ce diuin Efprit, & ce pouuoir fupréme,
Toy feule peux parler dignement de toy-méme.

R

GAVOTTE

B. D. B.

ROſſignol, trop heureux Amant!
Helas! tu chantes librement
Nuit & jour ton martyre;
Et moy ie ſouffre à tout moment,
Et ie n'oſe en rien dire.

Tu peux en mille lieux diuers,
Par le doux charme de tes Airs,
Faire entendre ta peine;
Et moy ie languis dans mes fers,
Sans le dire à Climene.

B. D. B.

R vj

R

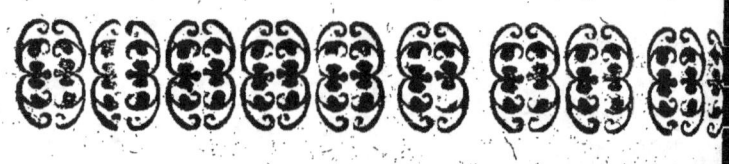

AIR
DE Mr LE CAMVS.

REfolu de mourir, fans declarer ma peine,
l'eftois preft d'expirer auxpieds de l'Inhumaine
    Qui caufoit ma langueur,
Lors que cette Beauté qui rend mon mal extréme
    Termina mon malheur,
En difant feulement ces trois mots, *Ie vous aime.*

  Auffi-toft mille feux rentrerent dans mon Ame,
Et charmé de plaifir, vne fi belle flâme,
    Lors me fit proferer:
Ah! Philis, cet inftant rend mon amour extréme,
    Ie vous veux adorer,
Et grauer en mon cœur ces trois mots, *Ie vous aime.*

S

AIR
DE Mr SICAR.

SVr l'herbe de nos Campagnes
Climene pleuroit vn jour,
En se plaignant de l'Amour,
Et disoit à ses Compagnes;
Ieunes Bergeres, viuez,
Viuez toûjours, Inhumaines;
L'Amour cause trop de peines,
N'aimez point, si vous pouuez.

S

MENVET.

B.

SErez-vous toûjours sans affaire,
Iris, qui pouuez tout charmer?
Quand on a tout ce qui peut plaire,
C'est vn doux employ que d'aimer.

Vous ne sçauriez iamais mieux faire,
Que de vous laisser enflâmer:
Iris, quand les yeux sçauent plaire,
Le cœur est obligé d'aimer.

Vostre humeur à l'Amour contraire,
En vain de fierté veut s'armer:
Si vous ne laissez pas de plaire,
Vous ne laisserez pas d'aimer.

AIR.

SIl l'on ofoit, Philis, fe plaindre de vos coups,
Sans que voftre pudeur en paruft offenfée;
Au lieu que mon refpect vous cache ma penfée,
Vous fçauriez que ie meurs à tous momés pourvous.

Mais en difant les maux que mon Ame reffent,
Ie rendrois criminelle vne ardeur toute pure:
Etouffe donc, mon cœur, les tourmens que i'endure;
Et fi tu dois mourir, meurs du moins innocent.

S

AIR
DE Mʳ MARTIN.

SOleil, précipite ton cours,
Fay-nous bientoſt voir ces beaux jours
Qui doiuent ramener mon aimable Siluie:
Quand ie ne la voy plus, c'eſt en vain que tu luis,
Et de tous les momens qui partagent ma vie,
Ma douleur fait de longues nuits.

Souuent dans vn Bois écarté,
Où chacun ſe trouue enchanté,
Ie conſomme en tourment le reſte de ma vie:
Que me ſeruent ces lieux ſi charmans & ſi doux?
Ie ne vous trouue point, adorable Siluie,
Et ie ne puis viure ſans vous.

S

AIR
DE Mr LAMBERT.

SOûpirs, enfans de ma langueur,
Qui partez d'vne Ame fidelle,
Helas! n'en sortez plus, vous choquez la rigueur
D'vne Ingrate, & d'vne Cruelle:
Demeurez au fonds de mon cœur,
Vous serez toûjours auec elle.

S

AIR
DE Mr DE CAMBEFORT.

SI ie vous dis, belle Vranie,
Que déja vous me rauiſſez,
Ie ne vous diray pas aſſez:
Mais ſi ie dis qu'Amour auécque tyrannie
Regne déja dans vos appas,
Ie diray trop, on ne me croira pas.

Si ie dis que toutes les Graces
Ont en vous des charmes puiſſans,
Ie diray moins que ie ne ſens:
Mais ſi ie dis qu'Amour qui marche ſur vos traces,
Regne déja dans vos appas,
Ie diray trop, on ne me croira pas.

S

SARABANDE
DE Mᵣ RICHARD.

SI mon amour vous plaiſt, ma Belle,
Ne ſoyez pas d'humeur cruelle:
Faites qu'eſtant fidelle Amant,
Ie puiſſe auoir de vous vn bon moment;
Faites qu'eſtant fidelle Amant,
Ie ſois aimé parfaitement.

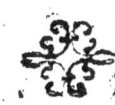

Aimez-moy donc, belle Inhumaine,
Et mettez fin à tant de peine
Que ſouffre vn cœur trop amoureux
Qui fait pour vous inceſſamment des vœux,
Que ſouffre vn cœur trop amoureux,
Qui ne vit plus, s'il n'eſt heureux.

S

AIR
DE Mr BOESSET LE PERE.

SI l'excés de ma passion
Me fait brûler d'ambition
De vous seruir, belle Carite,
Excusez mes sens combatus,
Par les beautez & les vertus
Qui partagent vostre merite.

Vos yeux qu'Amour a fait mes Roys,
M'imposent de secretes Lóix
De n'adorer rien que vos charmes;
Mais le respect n'empesche pas
Que ie n'accuse vos appas
D'estre la cause de mes larmes.

S

AIR
DE Mʳ BOESSET LE PERE.

SVis-je pas miſerable,
O Beauté trop aimable,
D'eſtre comme ie ſuis?
Si ie le dis, ie vous offence;
Et ſi ie garde le ſilence,
Ie me nuis.

Ma conſtance abatuë
Par le mal qui me tuë,
Me force de parler;
Et dans le deſſein de vous plaire,
En meſme temps ie dois me taire,
Et brûler.

Vne douleur ſecrette,
Durant qu'elle eſt muette,
Ne ſe peut ſecourir:
Et ie tiens qu'il eſt impoſſible,
D'eſtre diſcret, & bien ſenſible,
Sans mourir.

Amarante inhumaine,
Mettez fin à ma peine,
Qui dureroit longtemps,
Si la douleur qui me poſſede
N'eſtoit ſuiuie du remede
Que i'attens.

S

AIR.

Sans murmurer, ie languis, ie soûpire,
  Et ie subis la rigueur de ta loy;
Loin de chercher sous vn plus doux Empire
Vn traitement plus digne de ma foy,
    Cruelle, cruelle,
  Ie suis toûjours à toy;
    Cruelle, cruelle,
  Ie suis toûjours fidelle.

Ne doute plus, Aminte, si ie t'aime,
Qu'aucun soupçon ne te vienne alarmer:
Loin de tes yeux, ma douleur est extréme,
  Loin de tes yeux, rien ne me peut charmer:
    Ie t'aime, ie t'aime
  Autant qu'on peut aimer;
    Ie t'aime, ie t'aime
  Cent fois plus que moy-méme.

S

AIR
DE Mrs BOESSET LE PERE.

SI l'amoureuse Fleche
Dans mon cœur a fait bréche,
Le Dieu qui m'a blessé, ne s'en doit point vanter:
Deux yeux remplis de charmes,
Luy fournissent des armes
Si fortes, qu'à leurs coups rien ne peut resister.

Mais en perdant la vie,
S'il me prenoit enuie
D'accuser ses beaux yeux du tourment que ie sens,
Où seroit mon refuge?
Car il n'est point de Iuge,
Qui les voyans si doux, ne les croye innocens.

S

GAVOTTE.

SCauez-vous point la nouüelle?
Ie ne suis plus amoureux;
I'ay quitté là cette Belle
Qui me rendoit malheureux;
Ah! ie ne veux plus aimer,
Car Amour est trop amer.

I'auois l'esprit en écharpe,
Le teint de pâles couleurs,
Aussi muet qu'vne Carpe,
Et les yeux chargez de pleurs:
Ah! ie ne, &c.

Tout le paué de la Ruë
Estoit vsé de mes pas;
I'allois quittant pour sa veuë
Le repos, & le repas:
Ah! ie ne, &c.

C'est vne folie extréme,
Trop pleine de cruauté,
Que de se haïr soy-méme,
Pour aimer vne Beauté:
Ah! ie ne, &c.

Enfin cette délicate,
En méprisant mon tourment,
Fait que ie la laisse Ingrate,
Et me retire content:
Ah! iene, &c.

Tâchez

Aminte

AIR.

SOûpirs foibles & languissans,
Qui par vos efforts impuissans
Tâchez de soulager la douleur qui me presse,
Vous ne sçauriez me secourir;
Aminte n'a pour moy ny pitié, ny tendresse,
Il faut mourir.

AIR
DE M^r DE CHANCY,

SI pour dire que ie vous aime,
Ce mot vous offence si fort,
Puniffez mon audace extréme,
Belle Philis, i'en fuis d'accord,
Et bien loin de blâmer voftre jufte vengeance,
Ie m'offre à receuoir vne pareille offence.

Oüy, Philis, traitez-moy de mefme,
Ie n'en auray point de dépit ;
Dites-moy, Tirfis, ie vous aime,
C'eft tout ce que ie vous ay dit ;
Vous ne fçauriez tirer de plus jufte vengeance,
Ny mieux accommoder le fupplice à l'offence.

AIR
B. D. B.

SI vous me permettez de vous voir à toute heure,
Helas! ie n'en croy point ma fortune meilleure;
Voftre deffein, Philis, n'eft pas de me guerir,
Et vous ne me fouffrez, que pour me voir fouffrir.

B. D. B.

S.

AIR
DE Mr CHEVALIER.

SI voftre cœur eftoit auffi doux que vos yeux,
Que ie prendrois plaifir de vous aimer, Siluie!
Mon cœur en a beaucoup d'enuie;
Il ne pouuoit pas faire mieux,
Si voftre cœur eftoit auffi doux que vos yeux.

Qu'il foit cruel, ou non, ie me rens à vos coups,
De vos diuins appas ie ne me puis defendre:
Beaux yeux, il eft doux de fe rendre,
Il eft doux de languir pour vous;
Qu'il foit cruel, ou non, ie me rens à vos coups.

S

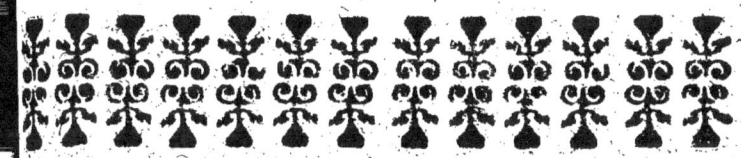

AIR
DE Mr DE MOLLIER.

SAnglots, larmes, soûpirs, enfans de ma douleur,
   Qui durant mon dernier malheur
Auez fait tant d'efforts pour témoigner ma flame,
Deuenez inhumains, donnez-moy le trépas;
   Ie ne sçaurois souffrir le blâme
D'abandonner Iris, & de ne mourir pas.

M. LE M. DE SCHOMBERG.

S

SARABANDE
B. D. B.

SOûpirs, confidens de ma flâme,
Sortez dans ce Bois écarté;
Sortez pour soulager mon Ame,
Vous le pouuez en liberté:
Mais lors que vous serez aupres de Celimene,
De grace, taisez-vous, ie veux cacher ma peine.

Ah! ie sçay bien qu'en sa presence
Mon cœur ne vous peut retenir;
Souffrez vn peu de violence,
Quand mesme i'en deurois mourir:
C'est par le seul respect que i'ay dessein de plaire,
Soûpirs, ie veux souffrir, vous n'auez qu'à vous taire.

AIR
DE M^{rs} DE MOLLIER
ET PERDIGAL.

SAns nul sujet d'inquietude,
Ie prefere la solitude
A tous les plaisirs les plus doux.
On dit par tout que ie vous aime,
Belle Iris, jugez-en vous-mesme,
Ie suis né pour aimer, & ie ne voy que vous.

S iiij

S

AIR
DE Mr BOESSET LE PERE.

SI c'eſt vn crime que l'aimer,
L'on n'en doit juſtement blâmer
Que les beautez qui ſont en elle:
    La faute en eſt aux Dieux,
    Qui la firent ſi belle,
    Et non pas à mes yeux.

Ie ſuis coupable ſeulement
D'auoir beaucoup de jugement,
Ayant beaucoup d'amour pour elle:
    La faute en eſt aux Dieux,
    Qui la firent ſi belle,
    Et non pas à mes yeux.

Qu'on accuſe donc leur pouuoir,
Ie ne puis viure ſans la voir,
Ny la voir ſans mourir pour elle:
    La faute en eſt aux Dieux,
    Qui la firent ſi belle,
    Et non pas à mes yeux.

COVRANTE.

SI vous difant ma paſſion,
l'ay manqué de reſpect, ou de diſcretion;
Philis, mes maux paſſez,
Et tous ceux que i'endure, vous vangent aſſez.

Ie ſuis comme dans les Enfers,
le brûle dans vos feux, ie languis dans vos fers,
Et fais encor des vœux
Pour celle qui me donne des fers, & des feux.

S

AIR
DE Mr DE CHANCY.

SVr ces hautes Montagnes,
D'où l'on voit les Espagnes,
Et l'Estat des François,
Dansons, poussons nos voix,
Mes gentilles Compagnes,
En l'honneur du Dauphin qui doit vnir nos Roys.

Disons au Dieu de l'Onde,
Que le reste du Monde
Va viure sous ses Loix;
Aux Champs, aux Monts, aux Bois,
Qu'vn chacun me seconde,
En l'honneur du Dauphin qui doit vnir les Roys.

Cet Espoir de la France,
Merueille en sa naissance,
Met la Guerre aux abois;
Aux Champs, aux Monts, aux Bois,
Qu'vn chacun chante & danse,
En l'honneur du Dauphin qui doit vnir les Roys.

S

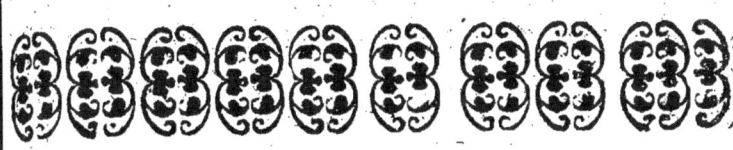

GAVOTTE

B. D. B.

SVr l'amitié d'Iſabelle
Ie fonde tous mes plaiſirs;
Noſtre ardeur eſt mutuelle,
Nous auons meſmes deſirs:
Nul ſoin ne nous perſecute,
Tout ſert à nous enflâmer;
Et ſi nous ſommes en diſpute,
C'eſt à qui ſçaura mieux aimer.

Ie mene vne heureuſe vie,
En viuant deſſous ſes Loix;
Ie ne porte point d'enuie
Au bonheur meſme des Roys:
Et cette jeune Bergere
A ſi bien ſceu me charmer,
En ne ſe rendant point ſeuere,
Que mon plaiſir eſt de l'aimer.

S vj

S

AIR
DE Mr TOVRNIER.

SOûpirs, de qui la violence
Etouffe mon cœur & ma voix,
S'il faut recourir au silence,
Cherchons le silence des Bois;
C'est là qu'vn Amant discret
Declare son martyre, & soûpire en secret.

Ecarté dans la Solitude,
Il plaint son amoureux tourment,
Et charme son inquietude,
Quand il peut parler librement;
C'est là qu'vn Amant discret
Declare son martyre, & soûpire en secret.

SARABANDE

B.

SI i'aime la jeune Artenice,
Ah! n'en foyez point en courroux:
Ie fçay que vos yeux font plus doux,
Mais quoy! fon cœur m'eft plus propice.
    Philis, en parle qui voudra,
    Ie veux aimer qui m'aimera.

Voftre bouche eft plus agreable,
Voftre port eft plus gracieux:
Vous charmeriez mefme les Dieux,
Mais elle m'eft plus fauorable.
    Philis, en parle qui voudra,
    Ie veux aimer qui m'aimera.

Lors que ie tâchois de vous plaire,
Ie m'attirois mille dédains:
Maintenant ie baife les mains
A la qualité de feuere.
    Philis, en parle qui voudra,
    Ie veux aimer qui m'aimera.

AIR
DE Mʳ DAMBRVIS.

Si l'Amour est à la mode,
Donnons-nous en le plaisir,
Nous pourrons, s'il incommode,
En éteindre le desir :
Aimons-nous donc, belle Siluie,
Pour auoir d'heureux momens,
Car les plaisirs de cette vie
Ne sont que pour les Amans.

Ces Bois, ces Prez, ces Fontaines,
Sont les témoins de ma foy,
Ils verront finir mes peines,
Et vous parleront pour moy :
Aimons-nous donc, belle Siluie,
Pour auoir d'heureux momens,
Car les plaisirs de cette vie
Ne sont que pour les Amans.

S

COVRANTE.

SI ie vous ay laiſſé partir,
Sans m'en aller de meſme à la bonne heure,
Ce n'eſt pas, ie meure,
Sans m'en repentir:
Mais ie proteſte en récompenſe,
Si ie puis auoir quelques beaux jours d'Hyuer,
Que i'iray tout exprés, ſans que perſonne y penſe,
A beau pied ſans Lance,
Vous prendre ſans verd.

Ie dis ſans verd auec raiſon,
Car en ce temps de pluye & de froidure,
La gaye verdure
N'eſt plus de ſaiſon:
Au lieu de Campagnes fleuries,
Au lieu d'Arbres vers ſi charmans & ſi beaux,
On ne voit plus aux Champs que des feüilles flétries,
Et dans les Prairies,
Et ſur les Côteaux.

Apres tout, viuez-y contens,
Et dans ce lieu paisible & solitaire,
Sans soin, sans affaire,
Passez voftre temps:
N'ayez iamais l'Ame inquiete,
Trauaillez le jour, ne faites rien la nuit,
Vous joüirez ainsi d'vne santé parfaite,
Malgré la Comette
Qui fait tant de bruit.

S

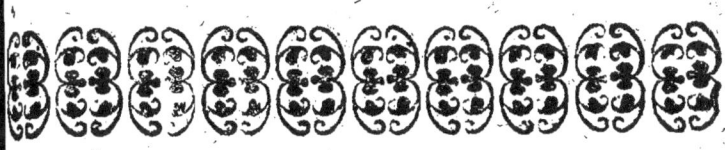

AIR
DE Mr BOESSET LE PERE.

SEjour digne d'vn Roy qu'adore l'Vniuers,
Agreables Deserts,
Qui soulagez l'ennuy qui me tourmente,
Pourquoy ne possedez-vous pas
Les diuins appas
De mon Amarante?

On dit que rien ne manque à vos rares beautez,
Et que vous surmontez
Les plus beaux Lieux dont la Terre se vante:
Mais quoy! vous ne possedez pas
Les charmans appas
De mon Amarante.

S

GAVOTTE

B.

SI-toft qu'on eft pres de Siluie,
On n'eft plus maiftre de fon cœur;
Il faut le rendre à fa douceur,
Ou bien renoncer à la vie;
Et noftre fort eft de l'aimer,
Comme le fien de nous charmer.

Il n'eft point de cœur fi volage,
Que fa main ne puiffe arrefter;
Ny de fi prompt à l'éuiter,
Qu'elle ne captiue, & n'engage;
Et noftre fort eft de l'aimer,
Comme le fien eft de charmer.

Le plus infenfible luy cede,
Et rend hommage à fes attraits;
Contre le pouuoir de fes traits
La raifon n'a point de remede;
Et noftre fort eft de l'aimer,
Comme le fien de nous charmer.

Rendons-nous donc fans refiftance
A la force de fes beaux yeux,
Puis qu'il eft doux & glorieux
De fe foûmettre à leur puiffance;
Et que mon fort eft de l'aimer,
Comme le fien de me charmer.

T

AIR
DE Mᶜ DE MOLLIER.

TEmeraires defirs que fait naiftre la flâme,
Et que l'efpoir ne peut nourrir;
Si vous venez troubler le refpect de mon Ame,
Mon refpect vous fera mourir.

M. DE MOLLIER.

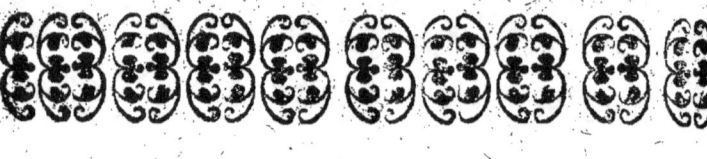

AIR
DE Mᵉ DE LA GRANGE.

TOut cede au pouuoir de l'Amour,
Il sçait vaincre la plus cruelle;
Puis qu'il faut que l'on aime vn jour,
Il faut aimer tandis que l'on est jeune & belle.

Si tout se rend à ses appas,
Pourquoy vouloir vous en defendre?
Beaux yeux, ne vous y trompez pas,
S'il est doux d'en dóner, il est bien doux d'en prēdre.

T

AIR
DE Mr TOVRNIER.

TOut rit dans ce Bocage,
  Tout rit dans ces beaux Lieux,
Le Roſſignol ſauuage
Y chante de ſon mieux,
Et dit en ſon langage
  Sur ce feüillage,
Tout rit dans ce Bocage,
Tout rit dans ces beaux Lieux.

AIR

B.

TIrfis vn jour pres de ces eaux,
Pour foulager fa peine,
Animé du chant des Oyfeaux,
Chantoit à Celimene;
Ah! quand veux-tu me rendre heureux
Autant que ie fuis amoureux?

Echo touché de la douleur
Dont fon Ame eft atteinte,
Redifoit d'vn ton de langueur
Cette amoureufe plainte;
Ah! quand veux-tu me rendre heureux
Autant que ie fuis amoureux?

B.

AIR
DE Mr DE MOLLIER.

TEmoins de l'excés de ma peine,
Apres le départ de Climene,
Arreſtez ce torrent que vous faites courir;
Mes yeux, ne pleurez plus l'abſence de ſes charmes,
C'eſt vne lâcheté de répandre des larmes,
Lors que l'on va mourir.

Beauté qui cauſez mon martyre,
Rare objet pour qui ie ſoûpire,
Ie ne puis éuiter que vous m'oſtiez le jour:
Ainſi qu'en vous perdant voſtre abſence me tuë,
Si i'auois conſerué le bien de voſtre veuë,
Ie ſerois mort d'amour.

M. DE MOLLIER.

GAVOTTE.

Tirsis assis sur l'herbette,
D'vn ton triste & languissant,
Chantoit dessus la Musette;
Dieux ! que l'on souffre en aimant!

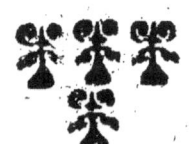

Le cœur de celle que i'aime,
Est plus dur que ce Rocher;
Bien que mon mal soit extréme,
Ie ne la sçaurois toucher.

T

AIR
DE Mr DE SABLIERE.

TOut languit dans nos Champs, dans nos Prez,
　　dans nos Bois;
　　L'Hyuer a glacé nos Fontaines,
　　Les Oyſeaux ont perdu la voix,
　　Et moy l'eſpoir de voir finir mes peines,
Si dans nos Bois, dans nos Prez, dans nos Champs,
le ne voy reuenir Climene, & le Printemps.

　　　　　　　　　　M. PERRIN.

Tome II.　　　　　　　　　　T

T

AIR.

TAndis que la beauté d'vne aimable jeuneſſe
Rend de vos doux appas mille cœurs amoureux,
Ménagez ce moment heureux,
Aimez, ayez de la tendreſſe,
Et n'attendez pas que les ans
Effacent les attraits de vos charmes naiſſans.

Cet éclat ſurprenant de tant de belles choſes,
Eſt vn preſent qui fuit, vn tréſor paſſager;
Ce decret ne ſe peut changer:
Regardez le deſtin des Roſes,
Et n'attendez pas que les ans
Effacent les attraits de vos charmes naiſſans.

T

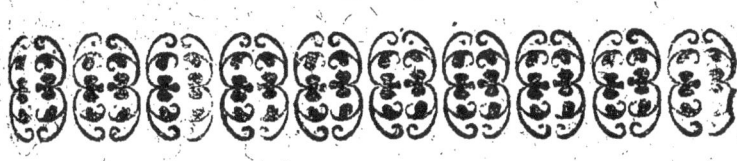

AIR

B.

TAndis que dâs ces Lieux ie redis mon tourment,
Les Ruisseaux dans leurs cours murmurent de
ma peine;
    Et pour flechir mon Inhumaine,
Les Oyseaux affligez soûpirent doucement.
    Fut-il iamais vn pareil sort?
Tout ce qui ne peut rien, veut finir mon martyre;
    Et celle.... ah! puis-je bien le dire?
Et celle qui peut tout, me veut donner la mort.

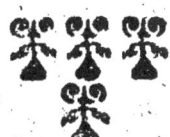

T ij

AIR
DE Mʳ DE MOLLIER.

TAndis que le long du jour
Ie cours par tous ces Bocages,
Cherchant les Antres sauuages
De ce desolé sejour,
Aminte a d'autres Riuages
Porte la paix, & l'amour.

Plaines, que tant de couleurs
Auoient si fort embellies,
Vous n'estes plus si fleuries,
Vostre Soleil est ailleurs;
Aminte à d'autres Praires
Porte ses pas, & les fleurs.

Ce Bois où i'eus tant d'amour,
Perd sa beauté coûtumiere;
Il semble que la lumiere
Quitte les Lieux d'alentour;
En d'autres Lieux ma Bergere
Porte ses yeux, & le jour.

M. L'A. T.

T

AIR
DE Mʳ DE SABLIERE.

TRiſte, mélancolique, & ſombre,
Tirſis au fond d'vn Bois ſe repoſoit à l'ombre,
Eſperant à ſon mal donner ſoulagement;
Et diſoit en pleurant, ah! cruelle Siluie,
Si tu ne finis mon tourment,
Ie vay bientoſt finir ma vie.

T

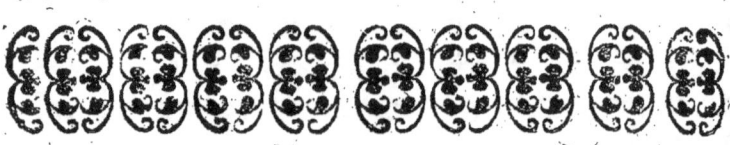

AIR
DE Mr PERDIGAL.

TV te plains de l'Amour qui te tient dans ses
chaisnes,
Et tu dis que ses peines
Te vont faire mourir:
Le remede est si doux ne fais plus la mauuaise,
Laisse-toy secourir;
Pourquoy mourir d'vn mal, quãd on en peut guerir?
Pourquoy mourir d'vn mal, quand on peut mourir
d'aise?

Quand l'Amour vne fois s'allume dans nostre Ame,
Il est vray que sa flame
Est cruelle à souffrir:
Mais puis que nous sçauons le secret qui l'appaise,
Il y faut recourir;
Pourquoy mourir d'vn mal, quãd on en peut guerir?
Pourquoy mourir d'vn mal, quand on peut mourir
d'aise?

AIR
DE Mᶜ DE LVLLY.

TV m'écoutes, helas! dans ma triste langueur;
Mais ie n'en suis pas mieux, ô Beauté sans pa-
reille;
Et ie touche ton oreille,
Sans que ie touche ton cœur.

M. MOLIERE.

T iiij

T

AIR
DE Mᶜ DAMBRVIS.

Tirſis & Celimene
S'entretenoient vn jour
Au bord d'vne Fontaine,
Et diſoient tour à tour;
Ah ! qu'on ſouffre de peine,
Quand on a tant d'amour.

Apres ce doux langage,
Preſſez de mille feux,
Sans parler dauantage,
Ils ſoûpiroient tous deux;
Et Tirſis fut ſi ſage,
Qu'il en fut malheureux.

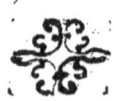

T

AIR
DE M^r DE LA GRANGE.

Triftes & funeftes penfers,
Qui parmy ces affreux Rochers
Entretenez ma refverie,
Cruels ennemis de mon fort,
Laiffez-moy, l'ingrate Siluie
Me fçaura bien donner la mort.

M. DV VERGER.

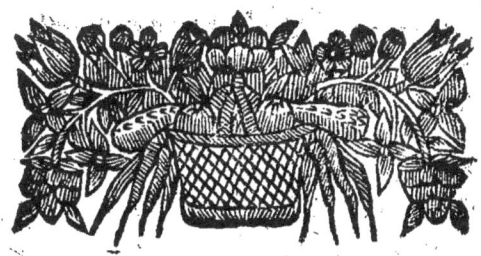

T v

T

GAVOTTE.

Tirsis disoit vne Chanson
A sa belle Amarante,
Et luy contoit de la façon
Que l'Amour le tourmente:
Elle n'en crut rien, elle eut raison,
Tirsis disoit vne Chanson.

Ce n'estoit plus vne Chanson,
Quand l'ardeur de sa flame
Augmentoit de telle façon,
Qu'il auroit rendu l'ame:
Elle le crût, elle eut raison,
Ce n'estoit plus vne Chanson.

T

AIR
DE M^r LE CAMVS.

Tirsis accablé de malheurs,
Voyant partir Philis qui le captiue,
Pour exprimer ses dernieres douleurs,
S'écria d'vne voix plaintiue;
O Mort tant de fois appellée,
Que ne viens-tu? Philis s'en est allée.

M. DE CH.

T

❀❀❀❀❀❀❀❀❀❀❀❀❀❀❀❀❀❀

DIALOGVE DV BALLET
de la Naiſſance de Venus.

NEPTVNE.

Taiſez-vous, Flots impétueux,
Vents, deuenez reſpectueux,
La Mere des Amours ſort de mon vaſte Empire.

THETIS.

Voyez comme elle brille, en s'éleuant ſi haut!
Ieune, aimable, charmante, & faite comme il faut,
Pour impoſer des Loix à tout ce qui reſpire.

LES TRITONS.

Quelle gloire pour la Mer,
D'auoir ainſi produit la Merueille du Monde!
Cette Diuinité ſortant du ſein de l'Onde,
N'y laiſſe rien de froid, n'y laiſſe rien d'amer;
Quelle gloire pour la Mer!

NEPTVNE.

Tout fléchit ſous ſes traits vainqueurs;
C'eſt vn écueil pour tous les cœurs
Qui n'oſent de leur mal, dire la violence.

THETIS.

Dans vn péril ſi doux, & contre tant d'ardeur,
Ah! que de nos Poiſſons heureuſe eſt la froideur,
Et plus heureux encor leur eternel ſilence!

LES TRITONS.

Elle va tout enflâmer,
Et faire aux Libertez vne innocente guerre:
Il ne fait pas ſi beau maintenant ſur la Terre,
Ny ſi clair dans le Ciel, ny ſi chaud dans l'Enfer;
Quelle gloire pour la Mer!

V

AIR
DE Mr LAMBERT.

VOus auez des appas plus qu'il n'en faut pour
    plaire,
Vous auez des attraits qui peuuent tout charmer:
    Mais, Iris, qu'en voulez-vous faire,
    Si vous ne voulez point aimer?

Chacun sent tost, ou tard, ce charme inéuitable,
Chacun doit ce tribut, & le rend à son tour:
    Mais le temps où l'on est aimable,
    Est le meilleur temps pour l'Amour.

M. QVINAVLT.

AIR

DE Mr DE CHAMBONNIERE

VNiques Confidens de mes secretes flâmes,
   Beaux Deferts qui sçauez le secret de mon Ame
De grace, en receuant mes amoureux soûpirs,
Ne les confondez point auecque les Zephirs;
Gardez de mon amour ces tristes témoignages,
Afin que si Tirsis reuient sous vos ombrages,
Vous luy soyez témoins que i'y mourois d'ennuy,
Et que tous vos appas ne me sont rien sans luy.

V

AIR
DE Mr LAMBERT.

Vous éprouuer toûjours seuere,
Ne voir dans vos beaux yeux qu'vne injuste colere,
　Sans espoir languir nuit & jour,
Cependant vous aimer, ne songer qu'à vous plaire,
Ah! ie ne puis comprēdre où i'ay pris tant d'amour.

V

AIR

DE Mr. VINCENT.

Vous me croyez faire vne offence,
En receuant de nouueaux fers:
Mais pour blâmer voſtre inconſtance,
Iris, ie gagne trop, alors que ie vous pers.

Ne croyez pas que ie m'afflige
De ce que vous m'auez changé,
Voſtre legereté m'oblige
Bien plus que voſtre amour ne m'auoit engagé.

VILANELLE.

VN jour dans la Plaine,
    Au bord d'vn Ruisseau,
Le Berger Sileine
Dit à son Troupeau,
Puis qu'Iris, cette Inhumaine,
Ne me veut pas secourir,
Helas! cherchez qui vous meine,
    Ie m'en vay mourir.

    Echos de la Plaine,
    Mes chers Confidens,
    Parlez à Climeine
    Des maux que ie sens:
Pourrez-vous à l'Inhumaine
Faire connoistre mon feu?
Helas ! pour dire ma peine,
    Vous parlez trop peu.

V

A I R

B. D. B.

VOus accusez toûjours voftre jeuneffe extréme,
D'ignorer en amour ce qui peut enflâmer:
Ah! vous fçauez, Philis, trop bien vous faire aimer,
Pour ignorer comme l'on aime.

M. L'A. DE PVRE.

AIR
B. D. B.

VOus ne pouuez, Iris, vous montrer plus feuere,
    Lors que vous m'ordonnez de taire
    Ce que vous me faites fouffrir;
Dans l'excés du tourment dont ie fens les atteintes,
    Me defendre de juftes plaintes,
    C'eft me commander de mourir.

En vain vous m'ordonnez de garder le filence,
    Puis que vous m'oftez l'efperance,
    Belle Iris, de me fecourir:
En l'eftat où ie fuis, ie n'ay plus rien à craindre;
    Helas! il n'eft plus temps de feindre,
    Quand on eft fi pres de mourir.

V

AIR
DE Mr BOESSET LE PERE.

VOus rompez voſtre foy, Siluie,
Et moy mes chaiſnes & mes fers,
Reſolu de paſſer la vie,
Exempt des maux que i'ay ſouffers;
Et nous ſerons à meſme inſtant
Tous deux quittes, en nous quittant,

Sans auoir trouué reſiſtance,
Ie ſuis ſorty de ma priſon,
Et ie dois à voſtre inconſtance
Ma franchiſe, & ma gueriſon;
Et nous ſerons à meſme inſtant
Tous deux quittes, en nous quittant,

AIR
DE M^r LE CAMVS.

AH! qui peut tranquillement attendre,
 N'eut iamais le cœur tendre:
Tranfporté d'vn amour dont les Loix
 Reglent ma vie,
l'ay préuenu l'Aurore dans ces Bois,
 Pour voir Siluie.
Ie languis dans cet efpoir charmant;
Ah! que voftre approche eft lente!
Haftez-vous, venez, heureux moment:
Helas! quand l'amour eft preffante,
 La plus douce attente
 Eft vn grand tourment.

M. LA C. DE LA SVZE.

Tome.II.   V

AIR
DE Mrs DE SABLIERE
ET DE LA GRANGE.

IE n'aime point la Tourterelle,
l'aime bien le Moyneau;
Iamais il ne plaint, ny ne querelle,
l'aime bien le Moyneau,
C'eſt vn gentil Oyſeau:
Aux Bois, aux Champs, ſur le Toit, dans la Cour,
Il baiſe ſa Femelle,
Et luy fait l'amour
Mille fois en vn jour.

Il eſt gay dans ſes amourettes,
Il court, il vole, il vient,
Il luy conte cent mille ſornettes,
Il court, il vole, il vient,
La ſuit, & l'entretient:
Aux Bois, aux Champs, ſur le Toit, dans la Cour,
Il baiſe ſa Femelle,
Et luy fait l'amour
Mille fois en vn jour.

MENVET
DE M^r DE LVLLY.

Tirſis vn jour
  Au bord de Seine
Parloit d'amour
A Celimene:
Mais l'Inhumaine,
Par trop de haine,
Contre l'Amour, & contre le Berger,
  Ecoutoit ſa peine,
  Sans le ſoulager;
Son cœur cependant ne la pouuoit changer.

B. D. B.

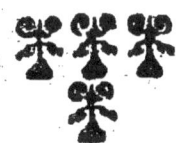

V ij

AIR
DE Mᵣˢ LAMBERT ET CHEVALIER.

PAsser pres du Hameau de sa jeune Bergere,
 Voir de loin ses Moutons, ses Prez, & ses Coteaux,
N'oser en approcher, de peur de luy déplaire;
Helas! c'est vn respect qui cause bien des maux.

AIR

B. D. B.

APres mille rigueurs, vous partez donc, Climene,
Sãs aucun soin des maux où vous m'abãdonnez:
Dûssiez-vous reuenir encor plus inhumaine,
Helas! Cruelle, reuenez.

Ie ne me plaindray plus de vous voir insensible,
Ie consens aux tourmens que vous me destinez;
Augmentez vos rigueurs encor, s'il est possible,
Au moins, Cruelle, reuenez.

M. QVINAVLT.

V iij

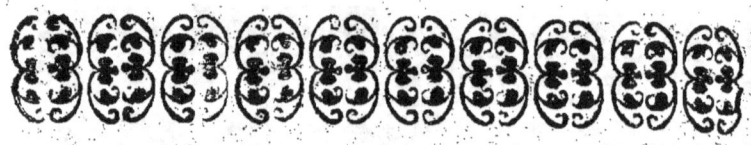

MENVET
DE Mr DE LVLLY.

Goustons bien les plaisirs, Bergere,
Le temps n'en dure pas toûjours;
La Moisson la plus chere,
Est celle des Amours,
Elle ne se peut faire
Qu'au printemps de nos jours.

Ménageons la saison de plaire,
Ménageons des momens si cours;
La Moisson la plus chere,
Est celle des Amours,
Elle ne se peut faire
Qu'au printemps de nos jours.

M. QVINAVLT.

AIR.

AH! n'ayez point l'esprit troublé,
     Nanette;
Nos Moutons n'iront point au Blé,
Ils sont tous couchez sur l'herbette
    Auprés de ma Houlette:
Ie sçay charmer Moutons & Loups,
    Mais las! toutes mes larmes
Font bien voir que mes charmes
    Ne peuuent rien sur vous.

V iiij

MENVET

DE Mr CHEVALIER.

AH! ma chere Maistresse,
Aimons sans cesse;
Ah! ma chere Maistresse,
Aimons toûjours;
Donnons a la tendresse
Nos plus beaux jours.
Ah! ma chere Maistresse,
Aimons sans cesse;
Ah! ma chere Maistresse,
Aimons toûjours.

Ie ne puis me defendre,
I'ay le cœur tendre;
Ie ne puis me defendre
De vous aimer:
Mais pourroit-on pretendre
De vous charmer?
Ie ne puis me. &c.

Faut-il dans la jeunesse
Tant de sagesse?
Faut-il dans la jeunesse
Tant de raison?
Sans vn peu de tendresse,
Que feroit-on?
Faut-il dans, &c.

AIR
DE Mr DE LVLLY.

Dans ces charmantes Retraites
Accordons nos Chalumeaux,
Nos Pipeaux,
Nos Musettes,
Au ramage des Oyseaux,
Et chantons nos amourettes
Au doux murmure des Eaux.

M. QVINAVLT.

V v

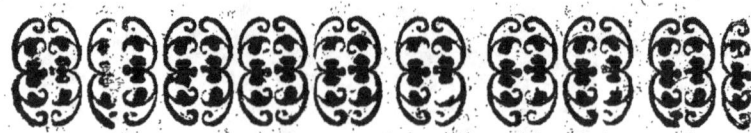

MENVET
DE Mᵣ DE LVLLY.

COntre toute la Terre
Ie soûtiens que la Cour
Est vn maudit sejour.
Chacun s'y fait la guerre:
Ce n'est que dans nos Champs
Qu'on peut viure contens.

Vne simple Bergame,
Mon Valet, & mon Chien,
Auec vn peu de bien,
Vne innocente Femme,
Feroient de mon taudis
Vn petit Paradis.

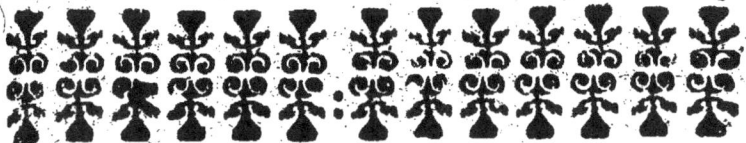

AIR
DE Mr DE LVLLY.

CHantez dans ces Lieux sauuages,
Chantez, Rossignols heureux,
Meslez vos tendres ramages
Parmy nos Chants amoureux:
L'Amour dans vos chaînes
Flate vos desirs;
Nous chantons nos peines,
Chantez vos plaisirs.

M. QVINAVLT.

V vj

AIR
DE Mr LE CAMVS.

IE veux guerir, s'il est possible,
C'est trop languir sous vne injuste Loy,
Puis qu'Iris à mon mal est toûjours insensible:
A la fin i'ay pitié de moy,
Ie veux guerir, s'il est possible.

M. QVINAVLT.

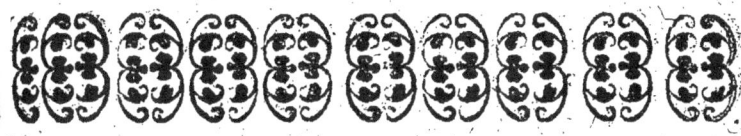

GAVOTTE

B. D. B.

L'Amour fait aimer ſes coups,
Ils n'ont rien de terrible;
Tout ſe ſent d'vn mal ſi doux,
C'eſt vn charme inuincible:
Iris, à quoy penſez-vous,
D'eſtre ſeule inſenſible?

Cet Oyſeau qui de ſon chant
Fait retentir la Plaine,
Dit aſſez qu'il eſt content
De l'Amour qui l'enchaîne:
Il ne chanteroit pas tant,
Si c'eſtoit vne peine.

M. QVINAVLT.

AIR
DE Mr BOESSET.

Amour eſt vn Infidelle
Sous le pouuoir d'vne Belle,
L'on ne doit point s'engager
   Au jeune Berger
   Trompeur & legers
   L'amoureuſe chaîne
   N'eſt qu'vn paſſe-temps;
   Mais pour les conſtans
   Amour n'eſt que peine.

Le doux plaiſir d'amourette
Eſt vne tendre fleurette
Qui ne dure qu'vn matin:
   Ah! c'eſt vn Deſtin
   Cruel & certain,
   Que les belles choſes
   Paſſent en vn jour;
   Les chaînes d'Amour
   Sont chaînes de Roſes.

C'eſt vainement qu'vne Belle
Promet vn amour fidelle
Qui n'aura iamais de fin:
   Ah! c'eſt vn Deſtin, &c.

AIR
DE M^r DE LVLLY.

DAns ces Deserts paisibles,
Rochers, que voftre fort eft doux!
Vous eftes infenfibles;
Trop heureux qui l'eft comme vous.

D'vne rigueur extréme,
Mon cœur fent les plus rudes coups;
L'Infenfible que i'aime,
Eft cent fois plus Rocher que vous.

M. QVINAVLT.

AIR
DE M^r LE CAMVS.

EN Amour lors qu'on soûpire,
Et qu'on s'engage en effet,
Si l'on fait tant de le dire,
Le plus fort est déja fait:
Quand le Cœur est sans defense,
On n'a rien à reseruer;
La peine est quand on commence,
Le plaisir est d'acheuer.

AIR
DE M. DAMBRVIS.

A Ce retour de la verdure,
Ne gagez point, ie vous conjure,
D'en auoir fur vous chaque jour:
Vous perdrez, ie vous en affure,
Car on eſt pris fans verd, quand on eſt fans amour.

AIR
DE Mrs LE CAMVS,
B. D. B.

IE fais ce que ie puis pour ne vous aimer plus;
    Et laſſé de tant de refus,
Ie veux briſer mes fers, ie veux finir mes peines:
Mais ma reuolte helas! ne dure qu'vn moment;
    Ie ne puis viure ſans mes chaînes,
    Ny me paſſer de mon tourment.

M. F.

Souuent le Deſeſpoir, le Dépit, la Raiſon,
    Taſchent de forcer ma priſon,
Et font pour me guerir, mille entrepriſes vaines:
Mais leur reuolte helas! ne dure qu'vn moment;
    Ie ne puis viure ſans mes chaînes,
    Ny me paſſer de mon tourment.

M. PERRIN.

AIR
DE Mr DE LVLLY.

Depuis que l'on soûpire
Sous l'amoureux Empire,
Depuis que l'on soûpire
Sous l'amoureuse Loy,
Helas! qui fut iamais plus à plaindre que moy!

M. QVINAVLT.

MENVET

B. D. B.

LA jeune Iris sans tendresse
Méprise tous ses Amans;
Elle saute, & rit sans cesse,
Au recit de leurs tourmens:
Mais le temps viendra, peut-estre,
Que son Cœur trouuera Maistre.

Amour, de cette rebelle,
Se vangera quelque jour;
Et si bientost la Cruelle
Ne veut aimer à son tour,
Il sera trop tard, peut-estre,
Quand son Cœur trouuera Maistre.

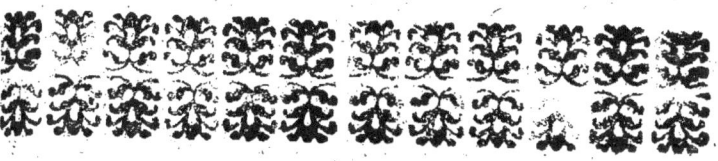

AIR

B. D. B.

I'Aime facilement,
Ie foûpire fans peine,
Mon Cœur eft pris en vn moment:
Mais quand vne Inhumaine,
De ma facilité fait vn peu trop la vaine,
Ie change, & me gueris encor plus aifément.

M. L'A. DE PVRE.

Ie fers fidellement,
Ie ne romps point ma chaîne,
Et n'aime point le changement:
Mais quand vne Inhumaine,
Du pouuoir de fes yeux fait vn peu trop la vaine,
L'abfence & le dépit gueriffent mon tourment.

M. PERRIN.

AIR
DE Mᶜ LE CAMVS.

D'Vn ton languiſſant & tendre,
Le Berger Tirſis diſoit
Au Troupeau qu'il conduiſoit;
Fuyez, fuyez le mal qui vient de me ſurprendre,
Ne craignez point les Loups de ces Bois d'alentour,
l'auray ſoin de vous en defendre,
Mais gardez-vous bien de l'Amour.

Mes ſoins ne pourront vous rendre
La Paix que vous poſſedez,
Si iamais vous la perdez:
Fuyez, fuyez le mal qui vient de me ſurprendre,
Ne craignez point les Loups de ces Bois d'alentour,
l'auray ſoin de vous en defendre,
Mais gardez-vous bien de l'Amour.

M. QVINAVLT.

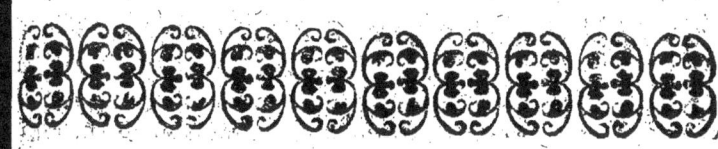

AIR
DE Mr LAMBERT.

Beaux yeux qui cónoiſſez le tourmēt que i'endure,
    Et qui ſeuls le pouuez guerir;
Ah! dites-moy le temps que vous voulez qu'il dure,
    Et ſi ie dois eſperer, ou mourir.

M. DE LA CORNEILLERE.

Faites donc que l'Amour, ou la Mort, me déliure
    De mon deſeſpoir amoureux:
Dites-moy, belle Iris, dois-je mourir, ou viure?
    Viure pour vous, ou mourir malheureux?

M. PERRIN.

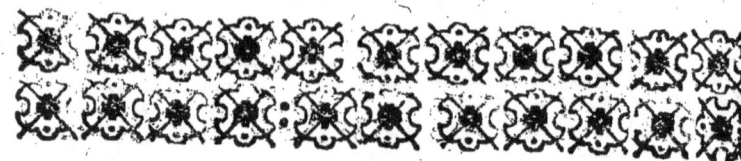

AIR
DE Mr LE CAMVS.

IE m'abandonne à vous, amoureux souuenir,
   Venez m'entretenir,
Loin de l'aimable Objet qui seul pouuoit me plaire;
  Helas! vous me serez aussi cruel que doux;
Mais malgré tous les maux que vous allez me faire,
Amoureux souuenir, ie m'abandonne à vous.

M. LA C. DE LA SVZE.

ENTREE DES BASQVES,
DE M^r DE LVLLY.

CE n'eſt qu'vn Eſclauage,
De ſeruir vne Beauté,
On eſt toûjours tourmenté:
    Qui s'engage,
    N'eſt pas ſage,
Il n'eſt que la liberté.

    Amour n'eſt point ſans peine,
Pour l'Amant le mieux traité:
Dequoy que l'on ſoit flaté,
    Vne chaiſne
    Toûjours geſne,
Il n'eſt que la liberté.

           M. QVINAVLT.

Tome II.   X

SARABANDE

DE Mr LE CAMVS.

IOurs bienheureux où ie voyois Climene,
Momens si doux que i'ay si-tost perdus,
   Qu'estes-vous deuenus?
Ah! quoy que mes vœux soient toûjours mal receus
      De l'Inhumaine,
   I'aime encore mieux ses refus,
      Que la cruelle peine
      De ne la voir plus.

M. QVINAVLT.

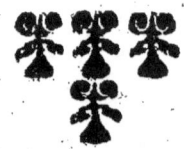

AIR
DE Mr DE SABLIERE.

EVitons les tromperies
De ces volages Bergers;
Courons des Iardins aux Vergers,
Des Valons aux Bois, & des Bois aux Prairies;
Fuyons ces Filous,
Et gardons bien nos Bergeries
D'Amour, & des Loups.

Fy de leurs galanteries,
Nargue de leurs vains caquets;
Ce sont des trompeurs, des coquets;
Sautons & dansons sur les Plaines fleuries;
Fuyons ces Filous,
Et gardons bien nos Bergeries
D'Amour, & des Loups.

X ij

MENVET
DE Mᵣ DE LVLLY.

CEs Oyseaux viuent sans contrainte,
S'engagent sans crainte,
Leurs nœuds sont dous:
Tout leur rit, tout cherche à leur plaire,
Nous deuons en estre jalous;
La Raison ne nous sert de guere,
En amour ils sont tous
Plus bestes que nous.

Dans leurs chants ils disent sans cesse,
Que l'Amour les blesse
D'aimables coups:
Tout leur rit, tout cherche à leur plaire,
Nous deuons en estre jalous;
La Raison ne nous sert de guere,
En amour ils sont tous
Plus bestes que nous.

M. QVINAVLT.

AIR
DE Mr LAMBERT.

VOus qui sçauez si bien plaire,
Et qui pouuez tout charmer;
Helas! aimable Bergere,
Ne sçauriez-vous point aimer?

X iij

AIR
DE Mr PHILBERT.

AH! pour te plaire,
Trop volage Bergere,
l'éleuois vn Troupeau,
De tous les Troupeaux le plus beau:
Mais puis que ton Ame legere
Trahit des feux qui nous furent si dous,
Ie l'abandonne à la mercy des Loups.

M. QVINAVLT.

Va, suis Volage,
L'Inconstant qui t'engage;
Vn Amant si leger
Deuoit bien estre ton Berger:
Mais quand tu deuiendrois plus sage,
Ne pretens pas, trop ingrate Beauté,
De me reprendre, apres m'auoir quitté.

M. M.

AIR
DE Mr SICARD.

IE voudrois bien estre Bergere
D'vn aimable & jeune Berger,
Qui fust discret, tendre, & sincere,
Et qui n'eust point l'Ame legere,
Afin de ne iamais changer
Mon aimable & jeune Berger.

S'il faut estre tendre & sincere,
Philis, pour estre vostre Amant,
Mon cœur doit estre vostre affaire,
Et i'ay trouué l'art de vous plaire,
Puis que i'aime aussi constamment
Que ie sçais aimer tendrement.

Ie voudrois bien estre volage,
Pour suiure vostre changement:
Mais quand sous vos Loix on s'engage,
Ie m'apperçois bien, dont i'enrage,
Que l'on ne peut pas aisément
Imiter vostre changement.

X v

BOVRE'E
DE Mᵈ DE LVLLY.

Aimez, cherchez à plaire,
Vous ne sçauriez mieux faire;
Les plus beaux de vos jours
Sont faits pour les Amours:
Mais bannissez les larmes,
Et les tristes soûpirs;
Les Amours sont sans charmes,
Sans le secours des Plaisirs.

Le Dieu qui fait qu'on aime,
Fuit les chagrins luy-méme,
Et cherche à tous momens
Les diuertissemens;
Il n'aime point à prendre
Des soins qui soient fâcheux,
Et c'est vn Enfant tendre
Qui se plaist parmy les jeux.

M. QVINAVLT.

MENVET

B. D. B.

IRis, en vain pour me surprendre,
Vous me faites voir tant d'appas;
Contr'eux i'ay dequoy me defendre,
Et me garantir du trépas;
Ce n'est pas que ie ne sois tendre,
Mais c'est que vous ne l'estes pas.

M. DE LA LOVBERE.

Vne beauté fiere & cruelle
Peut bien nous plaire, & nous charmer;
Mais d'vn amour tendre & fidelle,
Elle ne peut nous enflâmer:
Ce n'est pas tout que d'estre belle,
Pour estre aimable, il faut aimer.

M. PERRIN.

X vj

AIR
DE Mr CHEVALIER.

L'Amour, belle Philis, est vne chose étrange,
On y resiste quelque temps:
Mais las! si vous sentiez les maux que ie ressens,
Vous sçauriez bien comme il se vange.

Helas ! si comme moy, sans aucune esperance,
Vous pouuiez soûpirer vn jour,
Vousverriezqu'ilvaut mieux se soûmettre à l'Amour,
Que s'exposer à sa vangeance.

M. DE LA TVILLIERE.

RECIT DE BALLET,

DE Mr DE LVLLY.

IE reuiens enfin à mon tour
Dans cette illuſtre Cour,
Où ſous vn Regne heureux tãt de grandeur abonde:
Vous qui m'accompagnez, aimables enjoûmens,
Prenez vos plus doux agrémens
Pour diuertir les ſoins du plus grand Roy du Monde.

Profitons du temps
Qu'il donne à nos Chants:
Dés que les tendres herbettes
Rajeuniront l'Vniuers,
Les Tambours & les Trompettes
Feront ſes plus doux Concerts.

AIR
DE M^r DE SABLIERE.

TOus les jours la Raison me presse
De quitter ma belle Maistresse,
Et me dit que ie pers mes pas:
La Raison veut que ie change,
Et qu'enfin le mépris me vange,
La Raison veut que ie change,
Et moy ie ne le veux pas.

Ie sçay bien que ie fay folie,
Que Philis est aussi jolie,
Et qu'Iris n'a pas moins d'appas:
La Raison veut que ie change,
Et qu'enfin le mépris me vange,
La Raison veut que ie change,
Et moy ie ne le veux pas.

SARABANDE
DE Mᶜ DE LVLLY.

SOyez fidelle,
Le foin d'vn Amant,
Pres d'vne Belle,
Trouue aifément
Vn heureux moment.
Souuent vne Ame cruelle
S'engage en dépit d'elle,
C'eſt le grand fecret, que d'aimer conſtamment.
Soyez fidelle,
Le foin d'vn Amant,
Pres d'vne Belle,
Trouue aifément
Vn heureux moment:
Aux Loix d'Amour en vain l'on eſt rebelle,
Chacun, toſt, ou tard, fuit vn Dieu fi charmant,
Soyez fidelle, &c.

Quand on ſçait plaire,
Sur tout dans la Cour,
Que peut-on faire
Et nuit & jour,
Sans vn peu d'amour?
Vn jeune cœur fans affaire
Ne fe diuertit guere,
Que fert de charmer, fi l'on n'aime à fon tour?
Quand on ſçait, &c.
N'attendez pas, pour n'eſtre point feuere,
Que vos plus beaux ans commencent leur retour.
Quand on ſçait, &c.

M. QVINAVLT.

AIR
DE Mr BLONDEL.

Il est temps d'aller aux Champs, Nanette,
   Il est temps d'aller aux Champs :
Si vous voulez cueillir la Violette,
Il est temps d'aller aux Champs, Nanette,
   Il est temps d'aller aux champs,
   Vous dormez trop longtemps.

Allons danser sous l'Ormeau, Bergere,
   Allons danser sous l'Ormeau :
Allons, allons bondir sur la Fougere,
Allons danser sous l'Ormeau, Bergere,
   Allons danser sous l'Ormeau,
   Au bruit du Chalumeau.

AIR
DE M. DE MOLLIER.

I'Auois pensé qu'vne assez longue absence
Me feroit oublier Iris, & mon amour:
   Mais helas! que cette esperance
   S'affoiblit chaque jour!
  Et que i'y voy peu d'apparence!

GIGVE
DE Mr SICARD.

LE mal que ie fens eſt extréme,
Vous ne l'auez iamais fenty:
Quand ie vous dis que ie vous aime,
Vous dites que i'en ay menty;
Vous en auez menty vous-mefme.

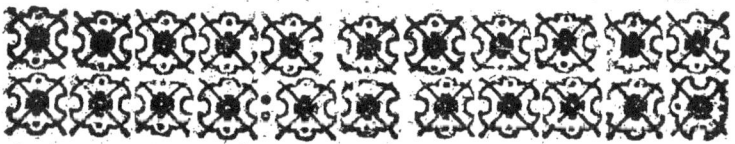

AIR
DE Mr LAMBERT.

VOus ſçauez mon amour, vous ſçauez mon deſir,
 C'eſt à vous de choiſir,
  D'eſtre tendre, ou ſeuere,
Et de brûler, Philis, d'amour, ou de colere:
La colere eſt vn feu qui nous emporte l'Ame,
Et l'amour vne douce & languiſſante flame:
La colere eſt vn mal, & l'amour vn plaiſir,
  C'eſt à vous de choiſir.

SARABANDE

B.

Loin de Philis, ie suis au deſeſpoir,
Ie ſens vn ennuy qui me tuë:
Mes yeux, vous brûlez de la voir,
Ah! ie voy bien que vous l'auez trop veuë.

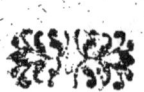

Ses doux regards font naiſtre quelque eſpoir,
Mais ſa rigueur bientoſt le tuë:
Mes yeux, vous brûlez de la voir,
Ah! ie voy bien que vous l'auez trop veuë.

M. DE LA LOVBERE.

AIR
DE Mr SICARD.

I'Ay veu Tirſis
Pres ma Bergere aſſis:
Helas! il eſt aimé ; ce qui me le fait croire,
C'eſt qu'ils mordoiët tous deux d'âſvne meſme Poire

M. DE FRONT....

AIR
DE Mr MOVLINIE'.

Zephirs, retenez voftre halaine,
Il n'appartient qu'aux Dieux de foûpirer icy;
Et vous faites cefler aufly
Voftre murmure, agreable Fontaine:
Ecoutez les tendres difcours
D'vn jeune Roy, & d'vne Reyne,
Et gardez-vous de troubler leurs amours.

Echo, qui garde auecque peine
Tous les fecrets qu'icy nous content les Amans;
Et vous, Roffignols fi charmans,
Qui frappez l'air d'vne plainte fi vaine,
Ecoutez les tendres difcours
D'vn jeune Roy, & d'vne Reyne,
Et gardez-vous de troubler leurs amours.

M. DE LA SALE.

Fin de la Seconde Partie des
Vers mis en chant.

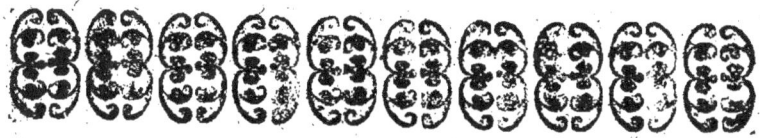

AIR
DE Mr SICARD.

I'Ay veu Tirſis
Pres ma Bergere aſſis:
Helas! il aime ; ce qui me le fait croire,
C'eſtqu'ils mordoiĕt tous deux dás vne mémePoire.

M. DE FRONT...

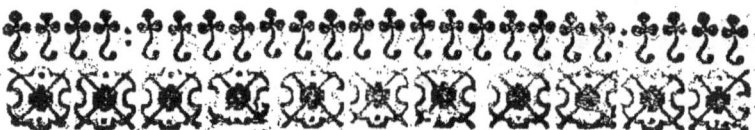

AIR
DE Mr MOVLINIE'.

Zephirs, retenez voſtre haleine,
Il n'appartient qu'aux Dieux de ſoûpirer icy;
Et vous, faites ceſſer auſſy
Voſtre murmure, agreable Fontaine:
Ecoutez les tendres diſcours
D'vn jeune Roy, & d'vne Reyne,
Et gardez-vous de troubler leurs amours.

Echo, qui garde auecque peine
Tous les ſecrets qu'icy nous content les Amans:
Et vous, Roſſignols ſi charmans,
Qui frapez l'air d'vne plainte ſi vaine,
Ecoutez les tendres diſcours
D'vn jeune Roy, & d'vne Reyne,
Et gardez-vous de troubler leurs amours.

M. DE LA SALE.

RECIT POVR LA FESTE
de Verſailles.

DE Mʳ DE LVLLY.

AH! mortelles douleurs!
Qu'ay-je plus à pretendre?
Coulez, coulez mes pleurs,
Ie n'en puis trop répandre.

Pourquoy faut-il qu'vn tyranniqué honneur
Tienne noſtre ame en eſclaue aſſeruie?
Helas! pour contenter ſa barbare rigueur,
I'ay reduit mon Amant à ſortir de la vie.
Ah! mortelles douleurs!
Qu'ay-je plus à pretendre?
Coulez, coulez mes pleurs,
Ie n'en puis trop répandre.

Me puis-je pardonner dans ce funeſte ſort
Lés ſeueres froideurs dont ie m'eſtois armée?
Quoy donc, mon cher Amant, ie t'ay dóné la mort,
Eſt-ce le prix, helas! de m'auoir tant aimée?
Ah! mortelles douleurs, &c.

M. MOLIERE.

Y ij

AIR
DE Mr DE LVLLY.

Pour la Feste de Versailles.

L'Autre jour d'Annette
L'entendis la voix,
Qui sur la Musette
Chantoit dans nos Bois;
Amour, que sous ton empire
On souffre de maux cuisans!
Ie le puis bien dire,
Puis que ie le sens.

La jeune Lisette,
Au mesme moment,
Sur le ton d'Annette,
Reprit tendrement;
Amour, si sous ton empire,
Ie souffre des maux cuisans,
C'est de n'oser dire
Tout ce que ie sens.

M. MOLIERE.

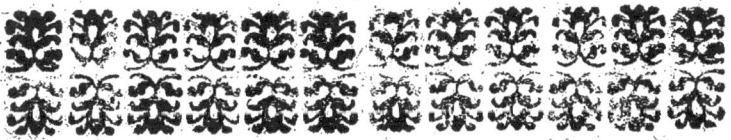

SARABANDE
DE M^r DE LVLLY.

Pour la Feste de Versailles.

AH! qu'il est doux, belle Siluie,
Ah! qu'il est doux de s'enflâmer!
Il faut retrancher de la vie
Ce qu'on en passe sans aimer.

Ah! les beaux jours qu'Amour nous donne,
Lors que sa flame vnit les cœurs!
Il n'est ny gloire, ny Couronne,
Qui vaille ses moindres douceurs?

M. MOLIERE.

E.

Y iij

MENVET
DE Mʳ DE LVLLY.

Pour la Feſte de Verſailles.

C'Eſt le Printemps qui rend l'ame
A nos champs ſemez de fleurs;
Mais c'eſt l'Amour & ſa flame
Qui font reuiure nos cœurs.

M. MOLIERE.

AIR
DE Mr DE LVLLY.

Pour la Feste de Versailles.

C'Eſt trop, c'eſt trop, Bergers, hé! pourquoy ces
    debats?
Souffrons qu'en vn party la Raiſon nous aſſemble;
L'Amour a des douceurs, Bachus a des appas,
Ce ſont deux Deïtez qui ſont fort bien enſemble,
    Ne les ſeparons pas.

Meſlons donc leurs douceurs aimab'es,
Meſlons nos voix dans ces lieux agreables,
Et faiſons repeter aux Echos d'alentour,
Qu'il n'eſt rien de plus doux que Bachus & l'Amour.

M. MOLIERE.

AIR
DE Mᵣ DE LVLLY.

Pour la Feſte de Verſailles.

LE Soleil chaſſe les ombres
Dont le Ciel eſt obſcurcy,
Et des ames les plus ſombres
Bachus chaſſe le ſoucy.

M. MOLIERE.

AIR
DE Mr DE LVLLY.

Pour la Feste de Versailles.

ARrestez, c'est trop entreprendre,
Vn autre Dieu dont nous suiuons les Loix,
S'oppose à cet honneur qu'à l'Amour osent rendre
Vos Musettes & vos voix:
A des titres si beaux, Bachus seul peut pretendre,
Et nous sommes icy pour defendre ses droicts.

Nous suiuons de Bachus le pouuoir adorable,
Nous suiuons en tous lieux
Ses attraits glorieux;
Il est le plus aimable,
Et le plus grand des Dieux.

M. MOLIERE.

AIR
DE Mr DE LVLLY.

Pour la Feste de Versailles.

CHantons tous de l'Amour le pouuoir adorable,
Chantons tous dans ces lieux
Ses attraits glorieux;
Il est le plus aimable,
Et le plus grand des Dieux.

M. MOLIERE.

AIR
DE Mr DE LVLLY.

Pour la Fefte de Verfailles.

ICy l'ombre des Ormeaux
Donne vn teint frais aux herbettes,
Et les bords de ces Ruiſſeaux
Brillent de mille fleurettes
Qui ſe mirent dans les eaux.
Prenez, Bergers, vos Muſettes,
Ajuſtez vos Chalumeaux,
Et meſlons nos Chanſonnettes
Aux chants des petits Oyſeaux.

Le Zephire entre ces eaux
Fait mille courſes ſecrettes,
Et les Roſſignols nouueaux,
De leurs douces amourettes
Parlent aux tendres Rameaux.
Prenez Bergers, vos Muſettes,
Ajuſtez vos Chalumeaux,
Et meſlons nos Chanſonnettes
Aux chants des petits Oyſeaux.

M. MOLIERE.

Y vj

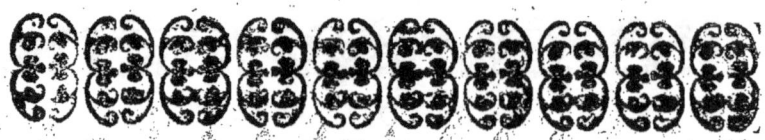

AIR
DE Mrs CAMBERT
ET DAMBRVIS.

SOus ces ombrages vers, vn Amant le plus tendre
    Que l'Amour ait iamais charmé,
Vn soir voyant qu'Iris ne pouuoit se défendre
Des violens transports qui l'auoient enflâmé;
O Nuit, s'écria-t'il, deuenez plus obscure,
Et cachez mon bonheur à toute la Nature,
Celle pour qui ie meurs, se rend à mes desirs.
A ces mots, éperdu d'amour & de plaisirs,
    Il n'en pût dire dauantage,
Et l'on n'entendit plus dans le sombre Bocage
Qu'vn murmure confus de languissans soûpirs.

M. LA C. DE LA SVZE.

GAVOTTE
DE Mr DAMBRVIS.

S'Il est vray, jeune Bergere,
Qu'enfin ton cœur soit a moy,
Souffre que sur la fougere
Ie m'assure de ta foy.
Pourquoy, Bergere folette,
Dis-tu que tu m'aimes bien?
Nous sommes seuls sur l'herbette,
Et tu ne m'accordes rien.

AIR
DE Mr SICARD.

AMour, fut il iamais vn Berger sous ta Loy
Plus malheureux que moy?
La dédaigneuse Nannette,
Auec vn air méprisant,
A refusé la Houlette
Dont ie luy faisois present.

Mon dépit fut si grand, que ie battis mon Chien
Qui ne me faisoit rien;
Et mesme ie luy fis mordre
Vn pauure petit Mouton,
Qui faisoit peu de desordre
Dans les Prez de Ieanneton.

M. DE FR.

AIR
DE M.r SICARD.

CRuelle Ieanneton,
Que vous fait ce petit Mouton,
Pour luy donner de la Houlette,
Et l'arracher à sa Mere qu'il tette?
Si Tirsis vient de vous changer,
Sur ce petit Mouton faut-il vous en vanger?

Ayant senty vos coups,
En beslant, il se plaint de vous:
Mais quoy! vous le battez encore,
Et souhaitez que le Loup le deuore?
Si Tirsis vient de vous changer,
Sur ce petit Mouton faut-il vous en vanger?

M. DE FR.

AIR
DE Mr SICARD.

MOn cœur est à toy,
Ma flâme est extréme,
Ie languis, ie t'aime,
Ie vis sous ta Loy:
Viens donc auec moy,
Folette Bergere,
Dessus la fougere
Receuoir ma foy.

Ie n'en feray rien,
Berger trop volage,
Cherche en ton Village
Vn cœur pour le tien:
Tu feras fort bien;
Et songe à te taire,
Ou ie te vais faire
Mordre par mon Chien.

Hé bien ie reçoy
Ce cœur que tu donne,
Charmante Personne,
Ie le prens pour moy,
I'en auray grand soin,
I'en feray ma gloire;
Si tu m'en veux croire,
Nous irons bien loin.

Plus ie fens d'ardeur,
Plus ie veux me taire,
Il eft bon de faire
Durer ma langueur:
Si ie luy difois
Quel eft mon martyre,
Elle en pourroit rire,
Et moy i'en mourrois.

AIR
DE Mr SICARD.

Qv'on me crîra, difoit Margot,
S'il faut que l'on fçache
Ce qu'a fait ma Vache:
D'vn coup de pied elle a caffé le Pot
Dans quoy ie venois de la traire,
Et tout le Lait s'eft répandu par terre.

M. DE FR.

AIR
DE M' SICARD.

IE vous ay veus tantoſt careſſer vne Roſe;
Zephirs, vous luy donniez cent baiſers amoureux,
   Sans s'offenſer d'aucune choſe,
   Elle ſouffroit vos plus doux jeux:
Mais quoy! Zephirs, ie vous y prens encore,
  Enfin i'en auertiray Flore.

M. DE FR....

MENVET.

Qve l'on fouffre de tourment,
  En aimant!
Que l'on fouffre de tourment!
Ah! Bergere volage,
Pour plaire à vos beaux yeux,
Ie mets tout en vfage,
Mais ie n'en fuis pas mieux.

Ah! c'eft trop viure en langueur,
  O mon cœur!
Ah! c'eft trop viure en langueur!
Il faut rompre nos chaifnes,
Et malgré fa beauté,
Mettre fin à nos peines,
Et viure en liberté.

  B. D. B.

AVTRES COVPLETS.

Quoy! vous allez donc à Bourbon,
  Tout de bon!
Quoy! vous allez donc à Bourbon!
Pefte de l'Ordonnance
D'vn chien de Medecin,
Qui caufe cette abfence
Qui fait tout mon chagrin.

  B. D. B.

O Dieux! qu'elle a d'appas!
Mais, helas!
On ne l'approche pas;
Vn chien d'honneur les garde,
Qui n'entend point raiſon;
Et ſi tu les regarde,
C'eſt pour toy du poiſon.

AIR
DE Mr MOVLINIE'

VN malheureux Amant, accablé de douleur,
Ne cherchoit que la Nuit, & les lieux les plus
ſombres;
Parmy le ſilence & les ombres,
De ce triſte diſcours il flatoit ſon malheur,
Beaux Aſtres, brillantes Etoiles,
Qui me voyez toutes les Nuits,
Preſſé de mes cruels ennuis,
Vous m'auez veu ſouuent deſſous ces triſtes voiles
Moins malheureux que ie ne ſuis.

AIR.

QVe ces Prez & ces Vergers
Ont d'agreables Bergers!
Les Bois & les Champs
Sont remplis de leurs chants,
Et parlent toûjours
De leurs tendres amours:
Que ces Prez & ces Vergers
Ont d'agreables Bergers!

Ils accordent leurs Pipeaux
Au doux murmure des Eaux:
Les Bois, &c.

Les Oyseaux dans les Buissons
Répondent à leurs Chansons:
Les Bois, &c.

M. PERRIN.

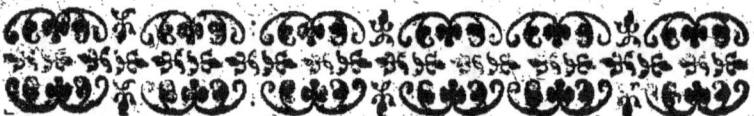

MENVET
DE M^r DE SABLIERES.

IE languis, ie souffre mille peines,
Cruelle Iris, sans me plaindre de vous:
Il est doux de viure dans vos chaisnes,
Il est doux de mourir de vos coups.

Ie veux bien sous vos Loix inhumaines
Viure toûjours amoureux & jaloux:
Il est doux de viure dans vos chaisnes,
Il est doux de mourir de vos coups.

M. PERRIN.

Fin de la Seconde Partie des Vers
mis en Chant.